長編時代小説

浮寝岸

深川鞘番所⑤

吉田雄亮

祥伝社文庫

目次

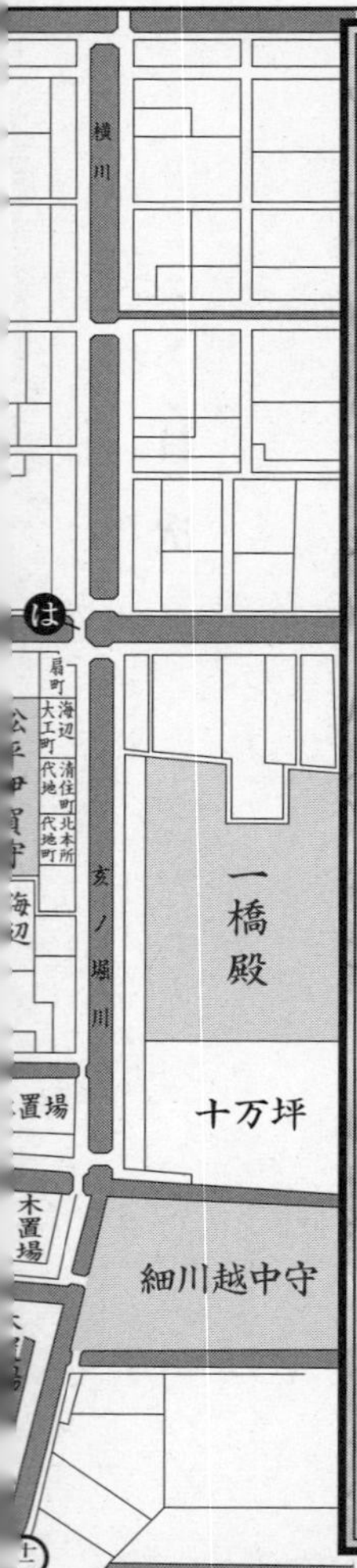

深川繪圖

㊀ 深川大番屋（鞘番所）
㊁ 靈巖寺
㊂ 法苑山 浄心寺
㊃ 外記殿堀（外記堀）
㊄ 櫓下裾継
㊅ 摩利支天横丁
㊆ 馬場通
㊇ 大栄山金剛神院 永代寺
㊈ 富岡八幡宮
㊉ 土橋
(十一) 三十三間堂
(十二) 洲崎弁天

い 万年橋
ろ 高橋
は 新高橋
に 上ノ橋
ほ 海辺橋（正覚寺橋）
へ 亀久橋
と 要橋
ち 青海橋
り 永代橋
ぬ 蓬莱橋

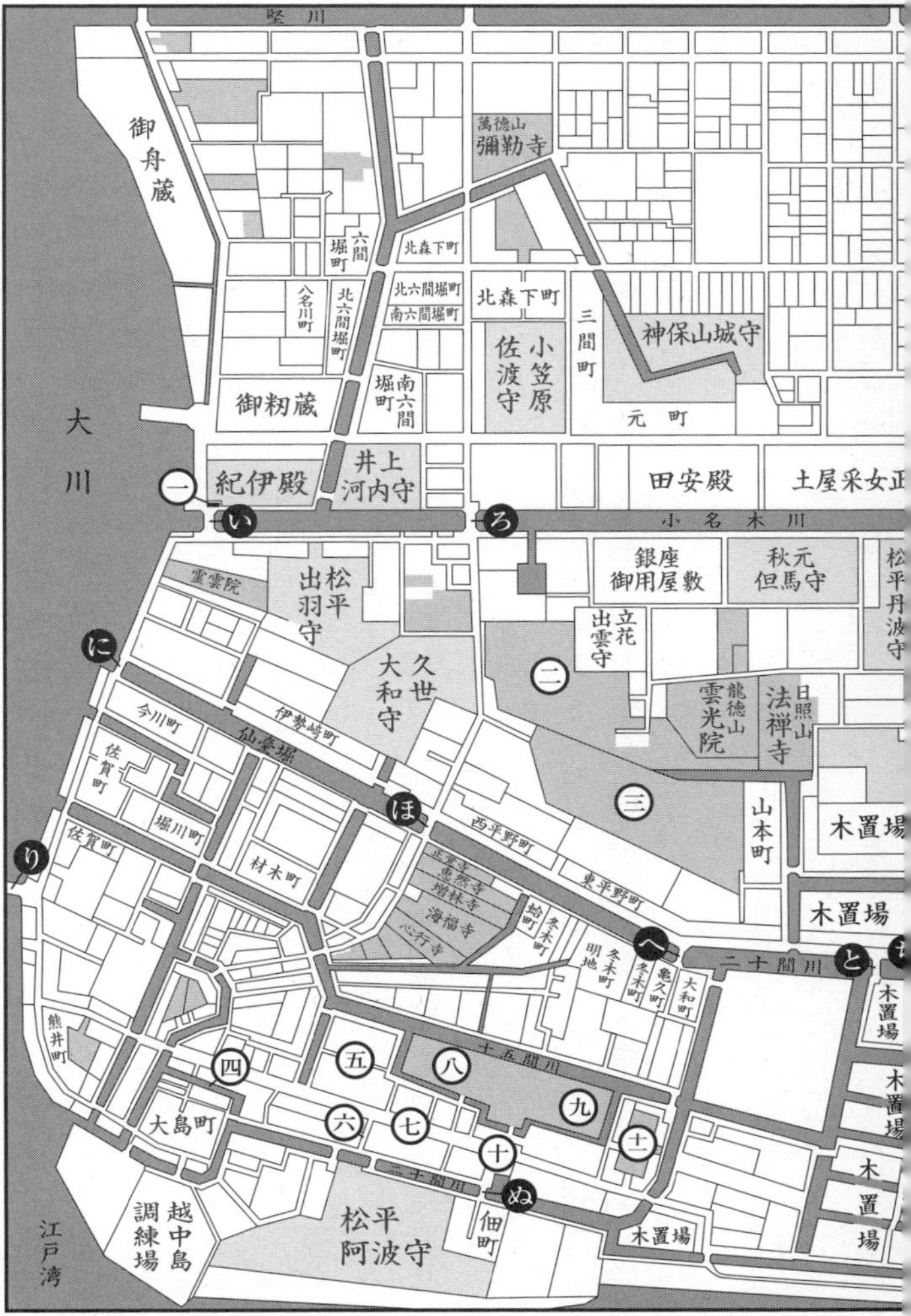

竪川
御舟蔵
萬徳山
彌勒寺
六間堀町
北森下町
八名川町
北六間堀町
北六間堀町
南六間堀町
北森下町
三間町
神保山城守
小笠原佐渡守
南六間堀町
御籾蔵
大川
元町
紀伊殿
井上河内守
田安殿
土屋采女正
一
い
ろ
小名木川
銀座御用屋敷
秋元但馬守
松平丹波守
霊雲院
松平出羽守
に
立花出雲守
久世大和守
二
能徳山
雲光院
日照山
法禅寺
今川町
伊勢崎町
仙台堀
佐賀町
三
山本町
木置場
ほ
西平野町
堀川町
佐賀町
り
材木町
正覚寺
恵然寺
増林寺
海福寺
心行寺
東平野町
蛤町
冬木町
木置場
明地
冬木町
冬木町
亀久町
大和町
へ
二十間川
と
木置場
熊井町
十五間川
四
五
八
九
木置場
大島町
六
七
十
十一
二十間川
ぬ
木置場
越中島調練場
松平阿波守
佃町
木置場
江戸湾

本文地図作製　上野匠（三潮社）

一章　暗涙流離《あんるいりゅうり》

一

風が吹き荒れていた。

高々と頭をもたげた波が轟音《ごうおん》を道連れに押し寄せてくる。

浜の砂を呑み込み白濁して突き進んだ波が、土手にぶち当たって飛沫《しぶき》となって砕《くだ》け散った。間断なく押し寄せてくる。

牙を剝《む》いた獣が情け容赦《ようしゃ》なく獲物に襲いかかるのに似ていた。

雨合羽《あまがっぱ》を身にまとった深川鞘番所《ふかがわさやばんしょ》支配、大滝錬蔵《おおたきれんぞう》は飛ばされぬように菅笠《すげがさ》の端を強く握りしめた。

洲崎《すさき》の土手の上に錬蔵は立っている。

吹きつける風と叩きつける雨に躰《からだ》が押し潰《つぶ》されそうになる。その衝撃に、錬蔵は、歯を食いしばって耐えた。

江戸湾は日頃の穏やかな顔を忘れ、時ならぬ冬の嵐の力を借りて荒々しい本性を剝《む》き出していた。

背後を振り向いた錬蔵の眼に、合羽から雨滴を滴《したた》らせながら住人たちを避難させる竹屋《たけや》の安次郎《やすじろう》や前原伝吉《まえはらでんきち》、溝口半四郎《みぞぐちはんしろう》ら同心たちの姿が映《うつ》った。

豪雨の薄衣《うすぎぬ》に覆《おお》われて定かには見えなかったが、住人たちの命だけは、まず守り通せそうにおもえた。

「急げ。また波が高くなった」

懸命に怒鳴《どな》った錬蔵の声が安次郎たちに聞こえたかどうか、たしかめる術《すべ》はなかった。

荒波は錬蔵の足下まで達している。波飛沫が錬蔵を襲った。波に躰を持っていかれそうになる。

(もはやこれまで)

牙を剝いて間断なく迫り来る高波から逃れるべく錬蔵は数歩、後退《あとじさ》った。

洲崎の土手は雨風の幔幕《まんまく》に閉ざされていた。江戸湾を横目にみながら眼前しか見えぬ土手道を、一歩一歩、地を踏みつけるようにして錬蔵は深川七場所のひとつ、鶩《あひる》へと歩みをすすめた。

翌朝、空が青々と澄み渡っていた。いつもは、たおやかな冬の陽差しが、真夏の灼《しゃく》熱《ねっ》のそれをおもわせる強さで深川の町々に降りそそいでいる。昨夜の嵐が嘘のような、清々《すがすが》しい日和《ひより》だった。

深川大番屋の手の者は洲崎の岸沿いに散って、家屋の損壊など被害の多寡《たか》を調べに走っている。

「洲崎の岸沿いに住む者たちは、皆、無事でございます」

と同心のなかで最も年嵩《としかさ》の松倉孫兵衛《まつくらまごべえ》が満面に笑みを浮かべて錬蔵に復申《ふくしん》していた。

いままで嵐が襲来するたびに洲崎弁天から洲崎の土手道沿いに住む漁師たちには必ず死人が出ていた。かつて深川大番屋支配の任にあった与力たちが被害を食い止めるための手立てを何ひとつ打たなかったからだ。嵐の襲来を察知した錬蔵は迫る此度《こたび》の暴風雨から住人たちを避難させる場として深川大番屋の門扉を開く、と決めた。

同時に、そのことを徹底させるため住人たちを避難させるべく深川大番屋の手の者を総動員して事にあたらせた。

海沿いの建家には、それなりの被害は出ていた。が、深川大番屋の手の者たちがあらかじめ支度しておいた筋違《すじか》いの板を表戸に打ちつけることで、その損壊も最小限で食い止められた。

「すべて御支配の早手回しのお陰と土地の者たちは喜んでおります。我ら大番屋詰めの同心にも、心からの感謝の意を示す者たちも少なくありません。実に、気持のいいものでございます」

と復申の後、松倉孫兵衛が満足げに眼を細めたものだった。

朝、深川大番屋で握り飯と浅蜊《あさり》の味噌汁に香《こう》の物、といった炊き出しの朝飯を食した住民たちは、それぞれの住まいへ引き上げていった。

最後のひとりを送りだした後、錬蔵は安次郎や前原伝吉、溝口半四郎ら同心四人とともに大番屋を後にした。

洲崎の浜へ向かう途中で松倉孫兵衛、八木周助《やぎしゆうすけ》、小幡欣作《おばたきんさく》らは、あらかじめ割り振られた一角へ散っていった。先に出発した手先たちが、すでに調べに入っているはずであった。

土手道をさらにすすんで洲崎弁天近くにやってきたときには、錬蔵と安次郎に、洲崎弁天近くの被害の有り様を調べる溝口半四郎の三人になっていた。

洲崎弁天の海側の、壊れた柵を前に神官たちが数人の職人たちと話し合っている。

職人たちは洲崎弁天出入りの宮大工とおもわれた。

茶店の店先へ茶汲み女が縁台を出している。店に海の水が入ったのか茶店の主人が箒《ほうき》を手に塵《ちり》を表へ掃き出している。

洲崎弁天から佃寄《つくだ》りの浜辺に人だかりがしていた。

足を止めた錬蔵に安次郎が話しかけた。

「見てきやしょうか」

「そうしてくれ。嵐の日に、まさか夜釣りでもあるまいが漁《いさ》り舟でも難破していたら厄介《やっかい》だ」

応《こた》えた錬蔵の背後から溝口が口をはさんだ。

「あのあたりは私の持ち場。これから足を向けるところです。行くついでに、あらためておきます」

返答も待たずに歩きだした。

気になるのか錬蔵は、その場を動かずに溝口の動きに眼を注《そそ》いでいる。視線を走らせた安次郎が、一点を見つめて、首を傾げた。

「どうした」

問いかけた錬蔵に安次郎が応えた。

「壊れて形も崩れてますが、あれは舟の艫《とも》じゃねえかと」

指さした先に、強い力で引きちぎられたのか先端をぎざぎざに尖《とが》らせた、いびつな長四角の木の塊《かたまり》が転がっていた。洲崎弁天の柵の途切れたあたりに、砂浜に食い込むように横倒しになっている。

洲崎弁天の界隈《かいわい》は錬蔵と安次郎が調べると割り振った一角であった。

「嵐のさなかに釣りに出た奴がいたのかもしれぬな」

「百聞は一見に如《し》かず、といいやす。近寄ってたしかめやしょう」

無言でうなずいた錬蔵が動く前に、安次郎はすでに木の塊へ向かって走り出していた。ゆったりとした足取りで錬蔵が後を追った。

塊の傍《かたわ》らに立った安次郎が錬蔵を振り返って声をかけた。

「旦那、おもったとおり、舟の艫ですぜ」

「何っ」

昨夜、高波が荒れ狂う江戸湾に舟を出した者がいた。嵐の夜に、危険を承知で舟を出さねばならぬ理由がその奴にはあった、と考えるべきであった。

そのことが、錬蔵の足を速めさせた。

近づくと、折れた跡をあらためていた安次郎が顔を向けて錬蔵に告げた。

「船腹の折れ口がまだ新しい。どこぞの大馬鹿野郎が酔狂にも嵐の海へ舟を出したんですぜ」

「その野郎にゃ、どうしても舟を出さなきゃならない、のっぴきならない事情があったのかもしれぬ」

「これは逃がし屋の舟の残骸《ざんがい》かもしれやせんね」

「手がかりになりそうな代物が残ってるかもしれない」

のぞき込んだ錬蔵にならって安次郎も調べ始めた。

艫の上船梁《ばり》と下船梁の間、中棚と寄り掛かりをのぞき込もうとして錬蔵が舟の残骸をわずかに傾けた。

その瞬間……。

ことり、と物音がした。微《かす》かなものだったが、錬蔵の耳はその音を聞き逃していなかった。

中棚と下船梁に挟まれるように丸い手鏡が引っ掛かっている。

手をのばし錬蔵は手鏡を摑《つか》んだ。

「何か見つかったんで」

気づいた安次郎が問いかけてきた。

手鏡を示して錬蔵が、

「これが下船梁と中棚の間に落ちていた。何かの拍子《ひょうし》に引っ掛かって挟まったのだろう」

「手鏡ですね。女が舟に乗っていたともおもえませんが」

「それはあるまいよ。けど、なんで女の持ち物が」

しげしげと手にした手鏡に錬蔵が見入った。

鏡面を囲む縁に赤、紫、碧と色鮮やかに燦《きら》めく宝玉が埋め込まれ草花の模様が彫られた、あきらかに異国の品とおもえる代物だった。

のぞき込んだ安次郎が驚きの声をあげた。

「こりゃ、どうみても南蛮《なんばん》渡来の品。何で難破した舟にこんなものが」

うむ、と錬蔵が首を傾げた。

そのときだった。

「定吉《さだきち》。定吉っ」

女の叫び声が上がった。悲鳴に似ていた。つづいて泣き声が響き渡った。聞く者を悲痛なおもいに引きずり込まずにはおかぬ、甲高《かんだか》いが暗く沈みきったものが、その音に籠《こ》もっていた。

顔を見合わせた鍊蔵に安次郎が告げた。

「溝口さんが向かった人だかりの方から聞こえやしたぜ」

「行くぞ」

手鏡を懐《ふところ》にねじ込むなり鍊蔵は走り出していた。尻端折《しりはしょ》りして安次郎がつづいた。

二

「御用の筋だ。どいてくんな」

十手をかざして安次郎が人だかりをかきわけた。鍊蔵がふたつに割れた野次馬たちの間を抜けて行く。

浜辺にひとりの男が横たわっていた。女が男に縋《すが》りついて肩を震わせて嗚咽《おえつ》している。女の連れか、料理茶屋の男衆とみえる男が背後に立っている。溝口の下っ引きがふたり、警戒にあたっていた。

女の傍らで溝口半四郎が膝《ひざ》を折っている。溝口の眼は、びしょ濡《ぬ》れで波が押しよせるたびにかすかに揺れている男ではなく、女の顔に注がれていた。

「旦那、何か、おかしくありやせんか」

足を止めた安次郎が錬蔵に話しかけた。

それには応えず、じっと溝口に眼を注いだまま錬蔵が歩み寄った。

「溝口」

声をかけた錬蔵を溝口が振り返った。

「御支配」

その顔に微かな狼狽《ろうばい》があった。

「知り人か」

問いかけた錬蔵に、

「知り人、とは」

立ち上がった溝口が鸚鵡《おうむ》返しした。

素知らぬ風をつくろったが、一瞬、溝口の目線は女に走っていた。錬蔵は、溝口の、その動きを見落としていなかった。

「その女だ」

さらに問うた錬蔵に、

「この女が、何か」

ちらり、と女を溝口が見やった。

「知り人、とみたが。おれの見当違いかな」

ことばとは裏腹に錬蔵は凝然《ぎようぜん》と溝口を見据えていた。注がれる眼光が鋭い。

威圧を感じたのか溝口が眼をそらした。

しばしの沈黙があった。

溜息《ためいき》をついた溝口が、ゆっくりと錬蔵に顔を向けた。

「八年ほど前、下谷《したや》でかかわった捕物で知り合った女です。名はお千代《ちよ》。浜に打ちあげられている土左衛門《どざえもん》の名は定吉といいます。お千代とは六つ違いの姉弟でして」

「年の差まですらすらと口に出るとは、かなり深い付き合いをしていたのだな」

「ご推察の通りです」

ちらり、と下っ引きと野次馬たちに目線を走らせて溝口がつづけた。

「仔細は大番屋へもどってということに」

「よかろう。人目もある。詳しい話もしにくいだろう」

応えた錬蔵に溝口がいった。

「定吉の骸《むくろ》はお千代に引き取らせます」

「それはならぬ」

有無をいわせぬ錬蔵の物言いだった。

「それは、何故《なにゆえ》」

問いかけた溝口に、

「骸を仔細に検《あらた》めたい」

「定吉が溺れ死んだのは一目見ても明らか。骸検めなど無用、と心得ますが」

「嵐を承知で舟を出したのだ。定吉に世をはかなむ理由があったのかもしれぬ。不治の病に罹《かか》っていたとすれば町医者など病人を診《み》なれた者に検めさせれば、およその推測はつくだろう」

「血を分けた姉がこの場におります。骸を下げ渡してやるのが人の情けというものではないのでしょうか」

食い下がった溝口に、にべもなく錬蔵が言い放った。

「くどい」

すでにお千代の嗚咽は聞こえなくなっていた。その声が止まったのが、

「骸検めをする」

と告げたときだった。そのことが、なぜか錬蔵のこころに引っ掛かっている。

ちらり、と錬蔵はお千代に目線を走らせた。

死骸にとりすがったまま、お千代は身動きひとつしていなかった。じっと耳を澄ませて錬蔵の出方を探っている。そんな気配を感じさせるお千代の有り様だった。本来なら溝口が発した、

「定吉が溺れ死んだのは一目見ても明らか。骸検めなど無用」

との一言は、お千代の口から出てもおかしくないことばではなかったか。いや、それだけではない。

「弟には、やましいことは何ひとつありません。骸をお下げ渡しくださいお慈悲でございます」

と肉親の情愛を迸《ほとばし》らせて涙ながらに訴えてもおかしくないのではないか、と錬蔵は考えたのだ。

（ふつうでないことには、裏に必ず何らかの事情が潜《ひそ》んでいる）

いままで積み重ねてきた探索から得た知恵とでもいおうか。錬蔵は、その知恵にしたがうことにしていた。

親が子を、姉が弟をおもう。身分にかかわりなく人が皆、持ち合わせているこころであろう。

じっとお千代をみつめて錬蔵が告げた。

「骸は深川大番屋へ運び込む。明日にでも骸を引き取りにくるがよい」

抱き組っていた定吉の骸からお千代が躰を起こした。目を定吉に注いだまま錬蔵を見向こうともしなかった。

取りなすように溝口がお千代にいった。

「決して悪いようにはせぬ。定吉の骸は丁重に取り扱う。弔《とむら》いの支度をととのえて、明朝、深川大番屋へくるがよい。おれが約束する。わかったな」

こくり、とお千代が小さく顎《あご》を引いた。お千代は一言もことばを発しなかった。

瓜実顔《うりざね》のお千代は、温和《おとな》しげな、ととのった顔立ちをしていた。美形、といってもよい。

が、一見、優しげに見える顔立ちとは裏腹に、一度臍《へそ》を曲げたら梃子《てこ》でも動かないしたたかさを錬蔵はお千代から感じとっていた。

振り向いて錬蔵は告げた。

「安次郎、自身番へ走り番太郎に荷車を手配させ、ともに骸を大番屋へ運び込め」

「わかりやした。御支配は、どうなさるんで」

「おれは、洲崎弁天界隈を見廻る。見たところ洲崎弁天の殿舎に損傷はないようだが、どこに災害の痕跡が残っているかもしれぬからな」

「骸を運び終えたら何とか御支配を探しだして落ち合うようにしやす。一番近いのは佃の自身番。嵐の後だ。番太郎が出払っているかもしれやせんが、まずは、そこへ向かいやす」

浅く腰を屈《かが》めて安次郎が背中を向けた。野次馬たちをかきわけて出ていく。

顔を向けて錬蔵が声をかけた。

「溝口、見廻りにもどれ。骸の張り番は下っ引きにまかせるがよい」

「承知しました」

応えたものの溝口はその場を動こうとしなかった。お千代を見やって、言った。

「おれは見廻りに向かう。下っ引きに言い置いておく。骸を運び出すまで定吉のそばにいていいぞ」

「世話をかけて、すみません」

やっと聞き取れるほどのお千代の声だった。

目線を向けて溝口が、

「御支配、それでは見廻りに向かいます」

「大番屋へもどったら、おれの用部屋へ顔を出せ。よいな」

「御支配がもどられていないときは」

「そのまま用部屋で待て。行け」

「それでは、これにて」

踵《きびす》を返した溝口が、お千代に、さりげなく目線を走らせた。

その仕草が、溝口とお千代の間にある深いかかわりを錬蔵に推《お》し量らせた。

下っ引きのひとりに溝口が何事か話しかけている。おそらくお千代の扱いを粗略にせぬよう命じているのであろう。

人だかりがふたつに割れて出来た通り道を歩き去る溝口の後ろ姿を見送って、錬蔵はお千代に目を移した。

押しよせる白波に小袖《こそで》が濡れるのもかまわず骸の傍らに坐ったまま、お千代は凝然と定吉の顔を見つめている。

深川大番屋は小舟を納める御舟蔵《おふなぐら》が近くにあることから、俗に、

〈鞘番所〉

あるいは、

〈深川鞘番所〉

と呼ばれていた。
御舟蔵が刀を納める鞘同様、舟を納めることから、
〈鞘〉
と称されるようになったという説と、猪牙《ちょき》舟などに代表される小舟の舳先《へさき》が尖って
おり刀の形に似ていることから、それらの舟を納める御舟蔵が、
〈鞘〉
といわれるようになった、とのふたつの説が巷《ちまた》では流布されていた。
大滝錬蔵は北町奉行所与力であり、その、
〈深川鞘番所〉
支配の職責を担《にな》う者であった。
深川には多数の遊所が散在していた。いずれも吉原《よしわら》のように公許された色里ではなく岡場所、かくれ里とよばれる非公認の色里だった。なかでも永代寺門前仲町《えいたいじもんぜんなかちょう》、土橋、表櫓《おもてやぐら》、裏櫓、裾継《すそつぎ》の三櫓《さんやぐら》、大新地、小新地、石場、鶩《あひる》の岡場所は深川七場所と呼ばれ、深川のかくれ里のなかでも特に殷賑《いんしん》を極めていた。
非公認の遊里、岡場所が細かく点在する深川は贅《ぜい》を尽くし華やかさを競う茶屋の建ち並ぶ表通りはともかく、一歩裏道へ入ると地回りのやくざや群れをなした命知らず

の若者たちが乱暴狼藉《ろうぜき》のかぎりを尽くす無法地帯でもあった。

その取り締まりにあたるべく深川大番屋支配として赴任《ふにん》してきた錬蔵の前任者たちは、取り締まりを重ねても雨後の筍《たけのこ》のごとく現れる無頼たちに手を焼き、結句、取り締まりとは名ばかりの、ただ見廻るだけの、おざなりな務めに終始していた。

深川鞘番所に配属されていた、

〈松倉孫兵衛〉

〈溝口半四郎〉

〈八木周助〉

〈小幡欣作〉

の四人の同心たちは、かっての大番屋の仕事ぶりに慣れ、いかに巧《たく》みに手を抜くか、そのことだけに腐心しているとしかおもえぬ務めぶりだった。

（その四人も、このごろは多少まともな仕事ぶりに変わってきてている）

用部屋の文机《ふづくえ》の前に錬蔵は坐っている。

鞘番所へもどってきた錬蔵は、門番に問いかけ、溝口が帰ってきているのを知った。

（段取り通り、待っているはず）

と急いで向かったが、用部屋には溝口の姿はなかった。

鞘番所への帰り道、錬蔵は安次郎から気がかりな復申を受けている。

「あっしが番太郎に荷車をひかせて洲崎の浜へもどったときに、おそらく見廻りに出られたはずとおもっていた、いるはずのないお人の姿が、その場にありましたんで」

いるはずのないお人、それは溝口半四郎であった。溝口は定吉の骸の傍に坐っているお千代に寄り添うように座していた、という。

「溝口には見廻りに出るよう命じていたのだが、解せぬ」

つぶやいた錬蔵に、

「渋る下っ引きを半ば脅し上げて聞き出したんですが、旦那が洲崎弁天へ足を向けられ、姿がみえなくなった後、もどってこられたそうで。あっしがおもうに溝口さん、どこかで旦那がいなくなるのを見張っていたんじゃねえかと」

皮肉な口調で安次郎が応えた。

「そうか、溝口は見廻りに行かなかったのか」

いままでの務めぶりから推量すると、いかにも溝口らしい動きといえるのかもしれない。

（また始まったのだ）

半《なか》ば錬蔵は呆《あき》れ返っている。

そのとき、そのときの有り様で動きが変わる。溝口だけではない。八木も、そうだった。

最も年若の小幡欣作は純な気持がまだ残っているせいか、任務を全《まっと》うしようという気持が強まってきている。年長の、深川大番屋詰めの同心たちの世話役ともいうべき松倉孫兵衛は、どっちつかずの日和見の暮らしぶりが身に染みついていて、命じられた事以外は出来うるかぎりやらないようにしている。そのくせ、いかにも、やったふりをする悪しき世渡りの知恵は持ち合わせていた。

（その場その場をどうしのぐか。溝口と八木は、ただそれだけのことを考えて動いているのだ）

そう錬蔵は、判じていた。

（だから、つねに気分まかせの情がらみ、脈絡のない動きをすることになる）

今度の溝口の行動もそうだった。

昔、捕物がらみで面倒をみたお千代、定吉の姉弟が、突然、目の前に現れた。しかも定吉は溺れ死んで、無惨な姿をさらしている。溝口の気持ちがかき乱されているのは明らかだった。

番太郎とともに定吉の骸を深川鞘番所の拷問部屋へ運び込んだ安次郎は、その足で洲崎弁天へ向かった。見廻り中の錬蔵を見つけ出し、まだ見廻っていないところへ足を運んであらためた後、共に深川鞘番所へ立ち帰ったのだった。

その安次郎が、いま同心詰所へ溝口を迎えに行っている。

腕を組んだ錬蔵は溝口が、向後、どう動くか推し量った。

が、しょせん無駄な思案だと覚《さと》った。

江戸の町人たちの安穏《あんのん》な暮らしを守るために連日連夜、骨身を削《けず》って働く。それが町奉行所の与力、同心の果たすべき職分であった。

（その職分にたいする心得を、つねづね、おのれのなかに叩き込んで揺るぎのないものにしておく。ただそれだけのことが出来ていないのだ）

あらためて錬蔵はおもった。

つまるところ、おのれが信じる大義に生きるか、その場その場で湧き上がる情にかられ流されるままに月日を過ごしていくか。どちらを選ぶかは、それぞれのこころの問題なのだ。

（まずは溝口の動きのひとつひとつに対応していくしかあるまい）

そう錬蔵は腹をくくった。

廊下を踏む足音が近づいてくる。少なくともふたりの、揃わぬ音であった。安次郎が溝口を連れてきたのであろう。

(溝口は、おれの問いかけに、どう応えるつもりだろうか)

その場かぎりの嘘をつくか、それとも偽《いつわ》りのない事実を話すか。

(まずは話の真偽を見極める。それが、おれの仕事だ)

空《くう》を見つめた錬蔵はゆっくりと目を閉じた。

迫る足音が次第に大きくなってくる。

本来は味方であるべき配下、溝口半四郎の動きに疑念を抱かざるを得ぬおのれの未熟を、錬蔵は、胸中で強く責《せ》め立てていた。

三

用部屋に入ってきた安次郎に錬蔵が告げた。

「溝口との話に、さほどの時間はかからぬ。本所《ほんじょ》の村《むら》居《い》幸庵《こうあん》先生のところへ出向き、土左衛門の骸検めをお願いしたい、と申し入れ、来てもらってくれ。夜分、突然のことで申し訳ない、とおれがいっていた、とつたえるのだぞ」

「そこんところの抜かりはありやせんや。今は御支配直下の下っ引きだが、もともとは竹屋五調《ごちょう》の源氏名で遊所の座敷に出ていたあっしだ。人を気分よくさせて誑《たら》し込む男芸者の修行を長年、積んできてまさあ」

立ち上がった安次郎に、

「そうともおもえぬがな。竹屋五調は毒舌が売り物の男芸者。毒舌が過ぎて客の旦那衆を怒らせることもしょっちゅうで取りなすのに閉口したものでございます、と河水《かすい》の藤右衛門《とうえもん》がいっていたぞ」

いつになく錬蔵が軽口を叩いた。硬い顔つきで現れた溝口の気分をほぐすための、錬蔵なりの苦肉の策でもあった。

そんな錬蔵の気持を安次郎は察していた。

ぽん、と平手で軽く額を叩いて、

「人の口に戸は立てられない、の譬《たと》えどおりだ。河水の親方も、口が軽すぎるぜ。人は見かけによらないもんだ。今後は何かと気をつけなきゃいけねえ」

おどけた仕草でわざとらしく顔を打ち振って見得を切り、深々と腰を屈めて用部屋から出ていった。

向き直って錬蔵が、

「さてと幸庵先生が来られる前に話を聞かせてもらおうか。お千代との馴《な》れ初《そ》めを、な」

笑みを含んでいった。

「なぜ見廻りに出ず、お千代のところにもどってきた」

と問い詰めるようなことはするまい、と錬蔵は決めていた。

咎《とが》め立てすると逆に開き直って抗《あらが》う。それが、いままで溝口が、錬蔵に対してとってきた態度だった。

軽口を交わし合う錬蔵と安次郎に、溝口は探る視線を向けていた。やりとりをみているうちに、

(御支配は、おれが見廻りに出ず、お千代のそばにいたことを知らないのだ。安次郎が告げ口しなかったに違いない)

と思い始めたようだった。

すでに錬蔵は、

(此度の探索では、溝口は役に立たぬかもしれぬ)

と腹をくっていた。それどころか、用部屋に現れたときの溝口の顔つきからみて、

（百害あって一利なし、となる恐れも十分ある）

と判じてもいた。

（壊れた舟の艫で見つけ出した抜け荷の品とみられる手鏡と定吉の間に何らかのつながりがあるのではないのか）

そう錬蔵は疑っている。

が、そのことを溝口に告げる気は、さらさらなかった。

定吉も、また、お千代同様、溝口とは深いかかわりを持つ者であった。迂闊《うかつ》に手鏡のことを溝口にいったら、お千代に、そのことを話すかもしれない。錬蔵の睨《にら》んだとおり手鏡が南蛮渡来の品だとしたら、この深川で密《ひそ》かに抜け荷の一味が暗躍している恐れもある。お千代がその一味にかかわりがないとはいいきれない。そう錬蔵は考えていた。

「どういう経緯でお千代と知り合ったのだ。おれには、かなり曰《いわ》くありげな仲とみえたが」

問いかけた錬蔵に、

「八年ぶりに出くわしたのです。あまりの変わり様に、正直いって急には思い出せませんでした。『溝口さま、千代です』と声をかけられ、初めてお千代だと気づいた次第でして」

向かい合って座した溝口が神妙な顔つきで告げた。

「八年ぶり、となれば、見分けがつかなくて当然だろう。しかも、娘から女へと、わずかの間でも見違えるほど変わっていく年頃、声をかけられて、よくわかったな」

「目です。目に昔の面影が残っておりました」

「目に、か。よほど印象が深かったのだな」

「知り合ったのはお千代が十六のときでした。その頃、私は北町奉行所定町廻《じようまちまわ》り同心として下谷界隈を歩きまわっていました。お千代と出会ったのは、とある裏長屋です」

見廻りの途中、ドスの利《き》いた男の罵声《ばせい》と女の泣き叫ぶ声、哀願する男女の声が入り混じって聞こえてきた。気になって足を止めた溝口は声のする方に向かって歩いていった。

騒ぎは表通りから二筋ほど奥へ入った裏長屋で起こっていた。

露地《ろじ》木戸から溝口が入っていくと、目つきの鋭い、髭面《ひげづら》の、一目みてやくざ者とわかる男に髪を摑まれ、引きずられるようにして連れて行かれる娘が目に映った。手足をばたつかせ泣きわめいている。他の数人のやくざたちに、やせ衰えた四十代半ばの

男と粗末な身なりの女房とおもわれる女が縋りついて涙ながらに、

「娘を、お千代を連れていくことだけは、勘弁してくれ。頼むよう」

「金は必ず返します。精一杯働いて返します。娘だけは堪忍して。お願いだよ」

と訴えている。

やくざたちの雇い主らしく、一目見ていかにも因業《いんごう》な高利貸しとわかるでっぷりと肥《ふと》った五十がらみの男が首を横に振って、唾《つば》を吐き捨てた。

その頃、溝口は見習同心から格上げになったばかりだった。日々、張り切って務めに励んでいた溝口は躊躇《ちゅうちょ》なく高利貸したちの前に立ち塞がった。

「北町の同心、溝口半四郎だ。おれの目の前では阿漕《あこぎ》な真似《まね》は許さねえ」

十手を振りかざして迫った。

が、高利貸しの手先たちには十手の権威は通用しなかった。

「まだお若い、世間知らずの同心さま。貸した金を取り立てているだけで、無法なことは何一つしてませんぜ。仕事の邪魔をしねえで、そこをどいてくだせえな」

凄《すご》みの利いた眼で髭面が睨みつけてきた。お千代の髪をひっ摑んだままだった。

他のやくざたちが溝口を取り囲んだ。あきらかに溝口を舐《な》めきった顔つきをしている。

薄笑いを浮かべた高利貸しが前に出てきて腰を屈めた。

「お役人さま、これ以上のやりとりは無用でございます。短気な暴れ者たちが揃っております。怪我《けが》をしないうちに、この場をおさめたほうが、おたがいのためというものではございませんか」

丁重な物言いだったが、あきらかに溝口をあなどった物腰だった。

高利貸しとやくざたちが、さらに一歩、溝口に迫った。

瞬間……。

身震いするほどの激情が溝口を襲った。

「怪我したって、おれは、かまわねえぜ」

吠《ほ》えるなりお千代の髪を摑んでいた髭面の喉に、構えていた十手を突き出した。十手は髭面の喉に深々と食い込んでいた。

引き抜いた十手を追って血が噴《ふ》き出した。お千代の髪から髭面が手を離す。お千代が長屋の露地をふたつに区切って敷かれた溝板《どぶいた》に転がった。

痛みに呻《うめ》いたお千代を溝口が気に留めることはなかった。身を翻《ひるがえ》した溝口は高利貸しの脳天を十手で打ち据えていた。頭から血を滴らせながら高利貸しが昏倒《こんとう》した。

動きを止めることなく溝口は、愕然と立ち竦《すく》んだやくざたちの顔面や首筋、肩口に十手を叩きつけていた。瞬《まばた》きする間もないほどの俊敏な溝口の手練の十手術だった。

凄まじい一打にやくざたちは激痛に呻いて地面をのたうった。

見下ろして溝口が声高く告げた。

「御上《おかみ》の御威光に逆らったてめえらは許せねえ。これで借金は棒引きだ。わかったな。二度とここへ面《つら》を出すんじゃねえ。面ぁ出したら、おれが、北町の同心、溝口半四郎がてめえらの息の根を止めに出向くことになるぜ」

地面に転がるやくざのひとりを溝口は腹立ち紛れに蹴《け》りあげていた。

溝口の怒りは、それだけではおさまらなかった。翌日は高利貸しの住まいへ押しかけ、お千代の父の借金の証文を取り上げてきた。その証文をお千代の長屋へ届けにいった溝口は、それ以後、足繁く通うようになった。

別にお千代に興味を抱いたからではない。

(頼りにされている。おれが顔を出さなくなったら高利貸したちがやってくるかもしれない。おれが、この一家を守ってやるのだ)

それが北町奉行所同心としての責務だ、とのこころの昂揚が溝口を駆り立てていた。

当然のことながらお千代の父母、弟の定吉は溝口を頼り切り、下にも置かぬ扱いで接した。

「お千代一家との付き合いは三年後、私が深川大番屋詰めを命じられるまでつづきました。そのことを告げに長屋に立ち寄ったときのお千代一家の不安そうな怯《おび》えた顔をいまでも忘れられません」

暗く沈んだ溝口の口調であった。

「そうか。その後、お千代一家に何があったか、聞いてはいないのだな」

問いかけた錬蔵に憮然とした顔つきで溝口が応えた。

「御支配も見られたとおり、あの場は、お千代たちの、その後の暮らしぶりを聞くような有り様ではありませんでした。定吉の骸に縋りついて泣いているお千代をどう扱えばよいか、ただそれだけを考えていたとしかいいようがありませぬ」

「お千代は、いま何をしているのだ」

「深川は鶩の料理茶屋〈浮月《ふげつ》〉に仲居頭として住み込んでいるとだけ聞いております」

「弟とは、定吉とは一緒に暮らしていなかったのか」

「そこまでは」

応えた溝口は硬い顔つきにもどっていた。錬蔵は、それ以上、溝口に問うことを止《や》めた。

（お千代が定吉の骸を引き取りに深川大番屋に来たときに聞けばよい）

と判じたからだった。

「事情はわかった。引き上げてもかまわぬぞ」

告げた錬蔵に、

「定吉の骸検めは、いつから始まるのでございますか」

「安次郎が村居幸庵先生を連れてもどってきてから、ほどなくして始めるつもりだ。村居先生にも骸検めの支度が何かとあるだろうからな」

「私も立ち合わせていただきます」

「始める時に声をかける。それまで同心詰所にて待つがよい」

「そうします」

わずかに頭を下げた溝口が脇に置いた大刀に手をのばした。

四

骸検めを終え村居幸庵が引き上げていったときには、すでに九つ（午前零時）をまわっていた。安次郎が、

「夜道は何かと物騒。先生の用心棒がわりをつとめてきやす」

といい、村居幸庵を住まいまで送っていった。

骸検めをおこなった拷問部屋には錬蔵と溝口のふたりがいた。

「定吉は溺死。見た目どおりの骸検めの結果でしたな」

声をかけてきた溝口の音骨《おとぼね》に皮肉なものがあった。

「終わってみれば無駄な動きとみえても、のちのち何かの手がかりになるものがみつかるかもしれぬ。定吉は溺死、と医者が見立てた。おれたちのような素人がいままでの経験から見立てたのではなく、知識を持つ玄人《くろうと》の眼で見極めてもらう。そのことにより、見立てにたいする確信が、おれたちのなかにも生じる。それはそれで大事なことだと、おれはおもう」

噛んでふくめるような錬蔵の応えだった。

「それは、たしかにそうですが」

気持がどこかに失せているかのような溝口の物言いだった。

顔を錬蔵に向けて溝口がことばを継いだ。

「明朝、お千代が大番屋にやって来ます。定吉の骸を下げ渡しますが、よろしいですな」

「お千代に聞きたいこともある。顔を出したら詮議所に通しておいてくれ。おれが直々《じきじき》に話をする」

「御支配が直々、話をされるほどのことはありますまい。お千代に疑う節があればともかく、弟が溺れ死んで間もない哀れな女。四角四面の取り調べなど無用。そう私は考えますが」

「なぜ嵐で荒れ狂う海に舟を出したのか。骸は打ちあげられておらぬが仲間と一緒だったかもしれぬではないか。お千代から定吉が、どこに住んでいたのか、どのような暮らしぶりだったかを聞き出し、探索せねばならぬことがあれば探索する。それがおれたちの務めだ」

「それならば私がお千代から聞きます。御支配の手をわずらわすまでのことではありませぬ」

おもわず声を高めた溝口を錬蔵が凝然と見据えた。

鋭い錬蔵の目線に溝口が眼を逸《そ》らした。

しばしの間があった。

「おれがお千代から話を聞いて、まずい事情でもあるのか。たとえば以前、男と女のかかわりがあったとか、何か外聞をはばかるようなことがあるとでもいうのか」

問うた錬蔵に慌《あわ》てて溝口が応えた。

「そのようなことは決して」

「ならば、おれがお千代と口をきいても何の問題もあるまい」

「それはそうですが」

「気になるなら溝口、おまえも同席すればいい」

「しかし、御支配が話をなされる以上、私がそばにいる必要はないのでは」

「気にすることはない。おれが問い糾《ただ》すことに口を挟まねばいいだけのこと。その場にいて邪魔になるということはない」

おれが問い糾すことに口を挟まねばいい。そのことを錬蔵は、溝口にあらかじめ念を押しておくべきだと判じていた。

（おそらく溝口は調べの途中で口を挟んでくるはず）

との予測が錬蔵にあったからだ。

「それでは、そうさせていただきます」

目を定吉の骸に向けたまま溝口が低く応えた。


長屋へもどった錬蔵は安次郎が帰ってくるのを待った。

定吉の骸を検めるため、躰のあちこちを指先で押さえていた村居幸庵が小さく首を傾げたのを錬蔵は見逃していなかった。

（溺れ死にと決めつけられぬ不審な点を見いだしたに違いない）

と推量した錬蔵は、村居幸庵の見立てを待った。

が、村居幸庵は、

「溺れ死んだのですな」

とそれだけいい、そそくさと骸検めに用いた道具を片付けはじめた。

いままで何度か村居幸庵に骸検めを頼んだことがある。その度に村居幸庵は丁寧に見立ての結果を話してくれたものだった。

（それが此度は、言葉少なに溺れ死に、といったきり一言の説明もない。何かあるのだ）

その動きから錬蔵は安次郎があらかじめ、

「仏は溝口さんの知り人の弟。溝口さんが骸検めに立ち合っていたら、見立てについての詳しい話は、あっしが送っていきやすから、そのときにしてくださいまし」

と、迎えにいったときに村居幸庵に口封じをしていたのかもしれない、と推し量ったのだった。

小半刻（三十分）ほどして安次郎が帰ってきた。

隣りの座敷から襖《ふすま》越しに安次郎が声をかけてきた。

「旦那、起きてますかい」

「待っていた。入れ」

応えた錬蔵の声に呼応するかのように安次郎が襖を開けた。坐るなり、いった。

「旦那、驚かないでおくんなさいよ」

「村居先生は、仏は溺れ死んだのではない、と見立てられたのだな」

「わかってらしたんですかい。どうして見分けがつきやしたんで」

「顔のむくみが土左衛門にしては少なかった。そんな気がしたので村居先生のご出馬を願ったのだ。お務めで土左衛門を何体も見ている。水をたらふく呑み込んで果てた仏の顔も、躰も、もっとぶよぶよしている。まさしく、ことば通り、水膨れ、というやつだ」

　首を傾げて安次郎がつぶやいた。

「そういわれてみると定吉の顔は、まだ、ふつうに近い様子をしてやしたね」

　笑みを浮かべて錬蔵が問うた。

「安次郎、あらかじめ一計を案じていたようだな。溝口がいたら見立てた結果の詳しい話はしないように村居先生に言い含めたか」

「お見通しの通りで。何せ溝口さんは旦那の言いつけに背《そむ》いてお千代のそばにへばりついておいでだったお人だ。定吉はお千代の弟。その弟にとって都合の悪い見立てが出たら、溝口さんは必ずお千代にこっそり教えるに違いない、とおもいやしてね。それで詳しい話はあっしにお聞かせ下さい、とお願いしやした」

　うむ、とうなずいた錬蔵が安次郎を見つめた。

「村居先生の見立てを聞こう」

　一膝乗りだして安次郎が応えた。

「定吉の心ノ臓は溺れ死ぬ前に止まったに違いない。おそらく心ノ臓を患《わずら》っていたか、心ノ臓が弱るようなことをしていたか、どちらかだろう。寝ずに数日間、馬車馬みたいに働きつづけたりすると心ノ臓の働きが鈍くなるそうで。そんなときに荒れ狂う嵐の海に落ちたりすると」

「溺れ死ぬ前に心ノ臓が動きを止める。つまるところ呼吸が止まるわけだ。息ができなくなれば、人は死ぬ。死んだら海の水を呑むことはない。そういうことだな」

「その通りで」

うむ、と錬蔵は首を傾げた。明朝、お千代に、

〈定吉は心ノ臓を患っていたか〉

と問えばわかることだった。

もし躰のどこにも悪いところがなかったら、心ノ臓が弱るようなことを定吉がやっていたことになる。

（まずは定吉の身辺を調べねばなるまい）

そうおもった錬蔵は、

「安次郎。明朝、小幡の長屋に出向き、おれの長屋へ連れて来い。同居している松倉には、おれが小幡を呼んだと気づかれぬようにするのだ」

「小幡さんに定吉の探索をさせよう、との算段で」

「そうだ。安次郎と前原には、二手に分かれて深川に抜け荷の品が密かに出回っているかどうか調べてもらわねばならぬ」

「前原さんにも長屋に顔を出すよう、つたえときやしょうか」

「そうしてもらおうか。安次郎は、藤右衛門やお紋《もん》につなぎをつけ南蛮渡来の品が売り買いされているかどうか、噂を拾ってもらいたい」

「わかりやした。明日から忙しくなりますね」

にやり、とした安次郎に、

「嬉しそうな顔つきだな。事件の探索がおもしろくなってきたか」

「使い道がわかってきて、このごろ懐の十手が、やけに重く感じられるようになってきやした」

「それはいい。使いようで十手は善にも悪にも変化《へんげ》する。その重みの意味するところをこころに背負いながら探索する。それが、おれたち十手持ちの、決して忘れてはならねえ心得、真骨頂《しんこっちょう》ってやつなのさ」

笑みを含んで錬蔵が応えた。

五

五つ（午前八時）過ぎに荷車をひいた男衆と共に、お千代が深川大番屋にやって来た。

詮議所の畳敷きに坐った錬蔵はお千代と向き合った。砂利に敷かれた筵《むしろ》にお千代は坐っている。畳敷きにつながる式台に溝口が控えていた。

すでに錬蔵は前原と長屋で会い、洲崎弁天近くの壊れた舟の艫に引っ掛かっていた南蛮渡りの品とおもわれる手鏡を示して、

「抜け荷の品が深川で取引されているかもしれぬ。用心棒をやっていた頃に馴染《なじ》みになったやくざの一家の子分たちに、聞き込みをかけてくれ」

と命じていた。そろそろ前原が聞き込みに出かける頃合いであった。

小幡には錬蔵の用部屋で待つよう、つたえてある。

膝に目を落としたままで、お千代は錬蔵に頭を下げようともしなかった。錬蔵が問うた。

「二、三聞きたいことがある」

「何なりと」

応えたもののお千代は錬蔵と目を合わせようとしなかった。

「定吉はどこに住んでいたのだ」

「深川三十三間堂《さんじゅうさんげんどう》町つづきのおざなり横丁の奥にある裏長屋、直助《なおすけ》長屋でございま

す」

「おざなり横丁の奥、とな」

ちらり、と錬蔵が溝口に目線を走らせた。溝口が、一瞬、躰を強張らせた。わずかのことだったが錬蔵の眼は、しかと溝口の変容を捉《とら》えていた。

（驚いても無理はない）

とのおもいが錬蔵にある。

おざなり横丁は深川三十三間堂町の北側の外れ、十五間《じゅうごけん》川の河岸道沿いにある。

〈おざなり横丁は御上を恐れぬ無頼たちが住み暮らすところ〉

と深川大番屋の同心、手先たちも見廻りの道筋から外している、いわゆる無法地帯であった。

深川で生まれ育った安次郎が、

「おざなり横丁だけは、できれば出入りしたくない一角で。脅しに喧嘩に人殺し、何があってもおかしくないところでして。もっとも、一度、土地になじんでしまうと、親分たちの機嫌さえそこねなきゃ、ある程度の手前勝手が許されるんで、けっこう住み心地は悪くない、と以前、おざなり横丁の長屋に住んでおりやした茶屋の男衆から聞いたことがあります」

といっていたのを錬蔵は思いだした。

深川などの岡場所は公儀から色里としての認許を受けた吉原と違い、いわばもぐりの遊所であった。

そのため時々〈けいどう〉と呼ばれる売女《ばいた》狩りが行われた。呼び出し女郎や芸子など、春をひさぐ女たちはけいどうを非常に恐れた。捕まれば新吉原へ下され、数年にわたって、ただ働きをさせられる。

〈けいどうがある〉

との噂が流れると、茶屋や局見世《つぼねみせ》の主人たちは女たちを舟に乗せ葭《よし》沼を通り葛西《かさい》領、砂村六把《ろっぱ》島、こんにゃく橋という在郷まで内川つづきに密かに逃がした。この逃亡の道筋は決して御用の筋に知られることはなかった。逃がす道筋が、その都度、違っていて、たどることができなかったからである。

砂村六把島扇子《おうぎ》新田、太郎兵衛新田を取り仕切る大年寄、代々、縫右衛門《ぬいえもん》を名乗る百姓が水先案内をつとめ、公儀の手の届かぬ縫右衛門所有の家屋で女たちをかくまった。女たちを逃がして、かくまうお礼として深川の町名主たちは縫右衛門に深川中の茶屋や局見世などの下肥《しもごえ》を取り集める権利を与えた。

おざなり横丁一帯はけいどうのときに逃れる女たちが集まる場所でもあった。

おざなり横丁の裏長屋に住んでいるとなると定吉は、それなりの悪仲間と付き合っていると考えるべきだった。

「定吉には持病はなかったか。たとえば頭痛持ちだとか、些細《ささい》なことでもよいが」

首を傾げたお千代が、

「気づきませなんだ。わたしは料理茶屋〈浮月〉に住み込んでいて、あまり顔を合わせることもなかったので。躰のどこかに悪いところがあったのでしょうか」

と逆に問い返してきた。

「姉のおまえが心当たりがないとなると、持病などなかったと考えるべきだろうな」

向き直って錬蔵が告げた。

「溝口、お千代に聞きたいことは、もうない。定吉の骸をお千代に引き取らせていいぞ」

「承知」

応じた溝口が顎を引いた。

大刀を手に錬蔵は立ち上がった。

用部屋へもどると、段取りどおり小幡が錬蔵を待ち受けていた。

〈定吉の住まいはおざなり横丁の裏長屋〉

と錬蔵から告げられた小幡は、

「おざなり横丁でございますか」

困惑を露《あら》わに黙り込んだ。

「気がすすまぬか」

顔を上げた小幡が錬蔵を見据えた。

「お務めに仕掛かるに気がすすまぬ、気に入るなど私情の立ち入る余地はありませぬ。定吉の身上を調べればよろしいのですな」

その眼に、決して怯《ひる》まぬ、との強いものが見えた。

「そうだ」

「これから、おざなり横丁へ向かいます」

脇に置いた大刀に小幡が手をのばした。

「無茶はするなよ」

声をかけた錬蔵に、

「無理はしません。命あっての物種。そのことは承知しております」

応えて小幡が立ち上がった。

用部屋から小幡が出ていったのを見計らっていたように安次郎が廊下から声をかけてきた。

「旦那、見届けてまいりやした」

「入れ」

応じた錬蔵が声を上げると同時に安次郎が戸襖を開けていた。

入ってきて閉めた戸襖の前に坐るなり安次郎がいった。

「旦那の見込みどおり、荷車を牽《ひ》く男衆が来て手は足りているのに溝口さん、お千代と肩を並べて鞘番所から出ていきやしたぜ。今日のお務めは、休むと決めている様子でした。定吉の弔《とむら》いに付き合う腹づもりとみやしたが」

「おそらく、そうであろう」

「どうしやしょう。溝口さん、お千代とは曰《いわ》く因縁がありそうで、どうにも気になりやす。見張りやしょうか。商売柄、藤右衛門親方やお紋への聞き込みは、夕方からでないと始められません。ふたりとも夜が遅い商い。少なくとも昼過ぎねえと寝込みを襲うようで申し訳ねえんで」

無言でうなずいた錬蔵が、

「溝口はほうっておけ。いま、小幡がおざなり横丁へ聞き込みに出かけた」

「おざなり横丁へ。ひとりで、ですかい」

「下っ引きたちと一緒だとおもうが」

「まさか小幡さん、おざなり横丁へひとりで乗り込むなんて無鉄砲なことはやらねえとおもいやすが。気になりやすねえ」

「無茶はすまい、とはおもうが」

腕を組んだ錬蔵が眼を細めて空を見据えた。


十五間川を荷を積んだ舟が行き交っている。採《と》れたての野菜類を山積みした舟が永《なが》居《い》橋をくぐって永代《えいたい》寺の方へ漕《こ》ぎすすんで行った。おそらく深川のあちこちに点在する岡場所のどこぞの茶屋へ運んでいくのであろう。

三十三間堂の大甍《おおいらか》が空を切って聳《そび》えていた。

おざなり横丁は十五間川に架かる永居橋の際にある大名、旗本が共同で金を出し合って町方に日々の仕切りを依頼した組合辻番から、一丁（約百九メートル）余ほど富《とみ》岡八幡宮《おかはちまんぐう》寄りの河岸道に面していた。

その入り口に小幡は立っている。下っ引きの鍋次《なべじ》と平吉《へいきち》を従えていた。

人が数人行き交えば肩が触れ合うほどの道幅のおざなり横丁の両側には、粗末なつくりの二階家が建ち並んでいる。それぞれの建家の表戸の前には、白粉《おしろい》を壁のように塗りたくった女たちが長襦袢《ながじゆばん》かと見紛《みまご》う出で立ちで道行く男たちを誘っていた。

振り向いて小幡が告げた。

「鍋次、平吉、一刻（二時間）過ぎて、おれがおざなり横丁から出てこなければ深川大番屋へ走れ。集められるかぎりの捕方を引き連れて、おざなり横丁に踏み込むのだ」

「小幡の旦那、このまま引き上げやしょうや」

「おざなり横丁では御上の御威光は通じませんぜ」

ほとんど同時に鍋次と平吉が声を上げた。

「そうもゆかぬ。探索せねばならぬことがあるのだ。おまえたちはここにいて見張りをつづける。よいな。指図どおり頼むぞ」

「旦那」

「どうしても行きなさるんで」

ふたりが心配を露わにした。

「行く」

十手を手にして小幡が告げた。

おざなり横丁へ向かって歩いていく小幡を見送って鍋次が平吉を振り向いた。

「行っちまったぜ」

「どう考えたって旦那の身が危ねえ。おれはいますぐ鞘番所へ一っ走りするぜ」

手にしていた十手を帯に差した平吉に、

「そうしたほうがよさそうだ。やくざたちが旦那を遠巻きにしだした」

見やった平吉が、

「こいつは、いけねえ。駆けて駆けて、息のつづく限り突っ走るぜ」

尻端折りをして走り出した。


着流しに巻羽織という、いかにも町奉行所同心という出で立ちでおざなり横丁に入ってきた小幡に気づいて、客に声をかけていた女たちが町家のなかへ消えた。

行く手を塞ぐように歩み出た、右頰に傷のある男が腰を屈めた。

「これは深川鞘番所の旦那、わざわざ、おざなり横丁にご出馬なされたのには、のっぴきならねえ理由《わけ》がおありで」

馬鹿丁寧な物言いだが見上げた眼が凄んでいた。

見返して小幡が告げた。

「直助長屋に用があってな。それで来たのだ」

「直助長屋の誰に用がありなさるんで」

「おまえにいう必要はない」

ふっ、と酷薄に傷のある男が含み笑った。

「直助長屋なら、よく存じておりやす。ご案内いたしましょう。おい」

傷のある男が顎をしゃくった。

遠巻きにしていた、みるからに一癖ありそうな男たちが小幡を取り囲んだ。

「それでは、行きますか」

ふてぶてしい笑みを浮かべて傷のある男が背中を向けた。歩きだす。

手にした十手を小幡は握り直した。口を真一文字に結んで小幡が足を踏み出した。

包囲の輪を崩すことなく男たちが歩をすすめる。

もはや男たちを振り切って逃げ出す術《すべ》は見出せなかった。深川大番屋同心、小幡欣作は、一歩一歩、窮境への道をたどっていることを思いしらされていた。

二章　悲愁恋情《ひしゅうれんじょう》

一

おざなり横丁の一帯は二階家ほどの高さの塀で区切られている。黒く塗られた分厚い板塀は体当たりしたくらいではびくともしないだろう。左右に視線を走らせた小幡は、逃れる手立てを考えつづけた。が、よい思案は浮かばなかった。おざなり横丁は、足を踏み入れた者を外へ逃さぬ仕掛けがいたるところに張り巡らされた鉄壁の砦《とりで》、と小幡には感じられた。

直助長屋への案内を買って出た傷のある男に一歩遅れて小幡は歩みをすすめている。傷のある男は、小幡が、

（もはや手も足も出ない、袋の中の鼠《ねずみ》）

と見下しているのか一度も背後を振り返ろうとはしなかった。小幡の前後左右を固めるようにして男たちが同じ歩調でついてくる。

（鯉口《こいぐち》を切り、いつでも大刀を抜けるようにしておくべき）

そう腹を決めて動かしかけた手を、小幡は止めた。

（大刀の鯉口に手をかけた途端、取り囲んだ男たちが一斉に襲いかかってくるはず。とても防ぎきれるものではない）

そう推断しても、小幡は、

（大刀を抜きたい。どうせ殺されるのなら、武士らしく刀を抜いて斬り合って死にたい）

との衝動にかられた。

気配を感じとったのか振り向くことなく傷のある男が声をかけてきた。

「鞘番所の旦那。直助長屋に着いて調べ事の中身を聞いたら、事と次第によっちゃ命のやりとりをしなきゃならねえ仕儀になるかもしれねえ。いま、始めてもいいんですぜ」

低いが聞く者の胆《きも》を冷やす威圧が音骨《おとぼね》に籠められていた。

ごくり、と生唾《なまつば》を呑み込んで小幡が応えた。

「まずは直助長屋へ案内してくれ。すべて、その上のことだ」

「おもしれえことを仰有《おっしゃ》る。鞘番所の旦那衆は、役立たずの腰抜けばかりだとおもっていたが、なかには旦那みたいな命知らずのお人もいるんだね」

ふふ、と傷のある男が含み笑った。

まわりの男たちが、傷のある男の笑いに合した。懐《ふところ》に右手を突っ込んでいる。匕首《あいくち》を抜こうとしているのは明らかだった。

歩きながら小幡は左右に目線を走らせた。

（曲がり角があれば脇にいる男に体当たりして脇道に飛び込み、走りながら刀の鯉口を切って大刀を抜く。後は運まかせだ）

覚悟を決めた小幡だったが、左右には切れ目なく建家がつづいている。細い道がまっすぐにのびていた。突き当たりは黒い板塀であった。

一本道になっているのは、少ない人数で見張ることができるようにしたからだろう。おざなり横丁に入ってすぐのところに塀に沿って横にのびた道があったが、その横道だけが別の一本道へ行くことのできる唯一の道なのかもしれない。

おざなり横丁に初めて足を踏み入れた小幡にしてみれば眼にする風景すべてが馴染《なじ》みのないものであった。

（迂闊《うかつ》には動けぬ。しかし、何らかの行動を起こさねば、むざむざ命を落とすだけだ）

焦りが小幡のなかで急速に膨らんでいく。

一癖ありげな男たちが小幡を取り囲んでいた。建ちならぶ建家の外側は高い塀が、外界とのかかわりを遮断するかのように連なっている。

まさしく小幡は孤立無援の状況にあった。

喉がからからに渇いていた。

おもわず小幡が舌で唇を濡らしたとき、傷のある男が声をかけてきた。

「旦那、突き当たりの塀に沿って建っているのが直助長屋で」

突き当たりの建家には窓がなかった。外壁がわりに黒く塗られ、横にならべて置かれた板が打ちつけられている。

その板壁の手前に背丈ほどの高さの、片扉のついた、人一人通れる程度の幅の木戸口が造り付けられていた。

露地の左右に同じような木戸口が設けられているところをみると、直助長屋は突き当たりの板塀を奥の外壁がわりに建てられているのだろう。

木戸口の前で立ち止まった傷のある男が小幡を振り返った。

「この木戸口から通じる露地の左右に表戸が面しているというわけでして」

木戸の片扉に傷のある男が手をかけて押した。走らせた小幡の眼に、露地の左右にある建家に造り付けられた表戸が数枚、飛び込んできた。

「ふたりほど留守にしておりやすが、直助長屋の住人のほとんどはおざなり横丁をぶらついておりやす。訪ねる相手の名を教えていただけたら呼んでまいりやすが」

薄ら笑いを浮かべて傷のある男が問うてきた。獰猛《どうもう》な獣の眼で小幡を見据えている。

「定吉だ。定吉の住まいはどこだ。聞きたいことがある」

傷のある男の眼が細められた。小幡には獣が獲物を襲う時にみせる感情の失せた、凍《こご》えきった顔つきにみえた。

「そいつは無理だ。定吉は留守にしてまさ。ここ二日ほど帰っておりませんぜ」

「住まいのなかなど検《あらた》めたい。どこが定吉の住まいだ」

ふてぶてしい笑みを浮かべた傷のある男が小幡を見つめた。

「そいつはご勘弁願いやしょう。おざなり横丁には、おざなり横丁の掟《おきて》がございやす。留守の者の住まいには、たとえ御上の御威光を振りかざす町奉行所同心が強く望んでも、一歩も足を踏み込ませない、との決め事があるんで」

「あえて定吉の住まいを検めたいと望んだらどうなるのだ」

「うら若い同心の旦那が神隠しにあうだけの話でございやす」

片扉から手を離した傷のある男が一歩後ろへ下がった。右手を懐に入れて身構える。それが合図でもあったかのように他の男たちが匕首を抜きはなった。

大刀を抜く間はなかった。小幡は木戸口の片扉を背にして十手を構えた。

傷のある男がせせら笑った。

「どこまで間抜けな野郎だ。木戸口を背にするなんざ、てめえで命の捨て場を選んだようなもんだぜ。人目につかねえように片扉から露地へ追い込むつもりでいたが、木戸の前に立たせるために動く手間が省けた。ありがとうよ」

そのことばに小馬鹿にしたように男たちが薄ら笑った。取り囲んでいた三人が、争いを横丁の入り口から見えないようにするためか横に列《なら》んで立った。残りの者たちが包囲の輪を縮めて迫った。

「貴様ら」

呻いた小幡が奥歯を嚙み鳴らした。

傷のある男が氷の眼で小幡を見やった。

顎をしゃくる。

匕首を手にした男たちがさらに一歩、包囲を狭めたとき……。

「火事だ」

との声が上がった。

「火事だと」

声のする方を傷のある男が振り向いた。男たちも見やる。

一本道の、ちょうど真ん中辺りの左手の建家から火の手が上がっていた。

「まずい。こんな野郎にかまってるより火を消す方が先だ。炎がひろがって大事《おおごと》になったら、おざなり横丁に御上の手が入って取り潰されるぜ」

踵《きびす》を返して傷のある男が炎の見える方に向かって走り出した。男たちがつづく。

おもいがけぬ事の急変に、小幡は茫然自失の態《てい》で火事場へ向かった男たちの後ろ姿を眺めた。

火事場へ向かって走る男たちを避けて、建家の外壁に身を寄せた遊び人風の男がいた。男たちが走り去ったのを見届けたように遊び人風が動いた。

一直線に小幡に走り寄るや声をかけてきた。

「小幡さん」

小幡の顔に驚愕が浮いた。

「安次郎」

「何、ぼやぼやしてるんでえ。木戸の片扉から長屋の露地へ飛び込みなせえ」

いうなり安次郎が小幡を木戸の扉へぶつけるように体当たりした。開いた片扉を見向きもせず、小幡の躰を押して走らせながら安次郎が小声でいった。

「抜け道が、あるんで」

「抜け道が」

鸚鵡《おうむ》返しした小幡に、

「長屋の一番奥の貸間に抜け道がつくられているんでさ」

「長屋の、一番奥の貸間」

「急ぎやしょう」

外界とおざなり横丁を仕切る黒い板塀の手前の貸間の表戸を開けた安次郎と小幡が、背中を丸め転がるように貸間のなかへ飛び込んだ。

「草履《ぞうり》を脱ぎなせえ。畳に足跡がついたら、どこから逃げ出したか、わかってしまう」

草履を脱いで懐に入れながら安次郎が声をかけた。慌てて小幡が草履を脱いだ。

「この畳を持ち上げると抜け道の入り口があるんで」

座敷の奥の壁二方に接した畳を持ち上げながら安次郎が告げた。無言でうなずいた小幡の眼が床下の地面に、ぽっかりと口を開けた人一人程度通れる程度の抜け道を捉《とら》えた。

「抜け道は十五間川の土手に通じていやす。十五間川の水かさが増えると抜け道に川の水が入ってきますんで、じめじめして、あまり気分のいい道筋じゃありません。這ってすすむしかねえんで小袖も汚れるが贅沢いっている場合じゃねえ。小幡さんが先に行ってくだせえ。あっしは畳をもとのように直して後を追いやす」

「すまぬ」

腰から引き抜いた大小二刀を小幡は胸元に抱え込んだ。安次郎が持ち上げた畳のつくりだした隙間から床下へと躰を潜り込ませる。横穴となっている抜け道へ小幡が這いすすんだのを見届けた安次郎が床下に身をずり下ろし、裏側を支えながら、ゆっくりと畳をもどした。

二

抜け穴の出口には草が覆いかぶさっていた。重なり合った草の隙間から十五間川を行き交う舟の姿が見える。向こう岸の土手もうかがえた。眼に映る様子からみて、抜け道は土手のなかほどより下の方にあるようだった。

後ろから安次郎が這ってきている。安次郎がいったとおり抜け穴のなかはじめじめとして湿っぽかった。おそらく羽織にも小袖にも泥がこびりついているだろう。

出口にたどりついた小幡は草をかきわけ外へ出ようとした。人一人這い出るのがやっとの抜け穴である。自由に身動きできない有り様では警戒したくとも、気配りすることさえ意味のないことに感じられた。

それでも小幡は外の気配をうかがった。

しばしの間、動きを止めて様子を探った小幡はおずおずと頭を突き出した。肩口まで這いだしたとき、小幡は頭上に視線を感じて振り返った。

深編笠をかぶった浪人とみまがう着流しの男が立っている。

慌てた小幡は抜け道に這いもどろうとした。

「早く出ろ」

低く呼びかけた声に覚えがあった。錬蔵の声であった。

「御支配」

おもわず口に出した小幡は一気に抜け穴から這いだした。

立ち上がり錬蔵に顔を向ける。

深編笠の下で錬蔵は微笑みを浮かべていた。その立ち位置は抜け穴の出入り口を、河岸道を行く人々の目から遮るところであった。

つづけて這いだした安次郎が頬についた泥を手で拭《ぬぐ》いながら立ち上がっていった。

「小幡さん、いきなり後戻りするなんて、ひでえじゃねえですか。はじけ飛んできた泥をまともに浴びちまった」

振り向いた小幡がばつが悪そうに鼻の頭を指でこすった。

「すまぬ。人の気配を感じたので追手が待ち伏せしているとおもったのだ」

こすった指についていた泥が小幡の鼻の先にこびりついて汚した。

見やった安次郎が、

「小幡さん、鼻に泥がつきましたぜ。その顔を見たら悪態もいえませんや」

苦笑いを浮かべた。

笑みで応えた小幡が錬蔵を振り向いた。

「御支配が安次郎を送り込んでくだすったんですね」

「安次郎は深川生まれの深川育ち、生粋《きっすい》の深川っ子だ。馴染みのなかにはおざなり横丁に住み暮らした奴もいる」

「それで、安次郎は抜け穴のことを知っていたのですね」

顔を向けた小幡に安次郎が曖昧《あいまい》な笑みで応じた。

ふたりを錬蔵が見やって告げた。

「いずれにしてもあちこちに泥がついた姿では見廻りもなるまい。とりあえず深川大番屋へ帰って着替えるが先だ」

「御支配は」

問いかけた小幡に錬蔵が応えた。

「河水楼へ足をのばす」

横から安次郎が口を挟んだ。

「あっしも後から顔を出しやす。河水楼でお紋や政吉《まさきち》をつかまえて何かと聞き込むつもりで」

うむ、と首を傾げた錬蔵が、

「とりあえず、おれがもどるまで大番屋で待て。おざなり横丁での経緯を聞きたい」

「それじゃ、のんびりさせてもらいやす」

応えた安次郎から目を移した錬蔵が、

「小幡も大番屋にいてくれ。探索して気づいたことを事細かに話してくれ」

「承知しました」

小幡が大きく顎を引いた。

河水楼へ向かう道すがら、錬蔵は深川大番屋の用部屋で安次郎と交わしたことばを思いだしていた。

おざなり横丁の直助長屋へ定吉の探索のため小幡を差し向けた、と聞いた安次郎は、

「小幡さんのことだ。下っ引きを連れて乗り込むことはしないんじゃねえかと」

(そういわれればそうかもしれぬ)

とのおもいが錬蔵に湧いた。

「旦那、小幡さんは松倉さんたち鞘番所の同心のなかでは一番まともなお人ですぜ。務めにも熱心だ。人柄も悪くねえ。あの若さで、自分の手先だけじゃなく、あっしなんかにも気を配ってくださる。他の同心たちの下っ引きで内心、小幡さんの下で働きたいとおもっている野郎は少なくねえとおもいますぜ」

神妙な顔つきで安次郎がいった。

無言でうなずいた錬蔵だったが内心、安次郎の見る目に舌を巻いていた。錬蔵は、つねに深川大番屋支配としての立場から小幡たち同心の動きを見ている。どうしても配下にたいする、上からの目線で見る習慣がついているのだった。

（仲間、配下として見るときと、上役として接するときとは、同じ相手でも全く違った見方をすることが多々あるものなのだ）

そう錬蔵は感じていた。安次郎がいうとおり、深川大番屋詰めの同心たちのなかで錬蔵がもっとも信を置いているのは小幡であることはたしかだった。

しばし黙り込んだ錬蔵を見つめて安次郎が坐り直した。

「実は、旦那に隠していたことがあるんで」

「何だ」

「いままで口に出しませんでしたが、あっしは男芸者をやっていた頃に三回ばかりけいどうにひっかかったことがあるんで。もっとも引っ括《くく》られるのは遊女、芸者など女たちばかりで男芸者は無縁ですがね」

「おざなり横丁はけいどうと深いかかわりがあったな」

「女たちを逃がす隠し砦ともいうべき場所でして」

「抜け道があるのだな」

「数ヶ所ほどある、と聞いておりやす」

「知っているのか、その抜け道を」

「一つだけ。けいどうのとき、かり出されて女たちを逃がすのを手伝ったことがありすんで」

「あっしがおざなり横丁に潜り込みやす。小幡さんには助っ人が入り用だとおもいやして」

「どこにあるのだ」

「どこだと、おもいやす」

悪戯《いたずら》っぽい顔つきをした安次郎に錬蔵が苦笑いを返して、

「もったいぶるな。早く教えろ」

「直助長屋で」

ことばを切った安次郎が一膝乗りだしていった。

じっと安次郎を見つめた錬蔵が、

「そうしてくれるか。ほんとなら、おれから頼まなきゃならないことだ」

「すぐにも出かけやしょう。小幡さんのことだ。小細工なしでおざなり横丁に乗り込むに違いねえ」

「いかにも与力という出で立ちで出かけるわけにもいくまい。忍び姿の支度をととのえる。いったん長屋へもどろう」

立ち上がった錬蔵は刀架に架けた大刀に手をのばした。

深川大番屋からおざなり横丁へ向かい、安次郎が小幡とともに抜け穴から出てくるまでのゆくたてを思い起こしながら歩いた錬蔵は、気がつくと河水楼の前に立っていた。

（藤右衛門からは、いつもほどの助けは得られまい）

暖簾《のれん》に手をかけた錬蔵の胸中にそんなおもいがよぎった。

（まずは話し合ってからのことだ）

暖簾をくぐり錬蔵は河水楼に足を踏み入れた。

三

八つ（午後二時）過ぎに藤右衛門が河水楼にいるのは珍しいことだった。いつもは、深川の岡場所のあちこちに点在する藤右衛門の持ち見世《みせ》を見廻っている刻限だった。

訪ねてきた錬蔵を迎えた藤右衛門は、

「これはこれは、いつもと違い、着流しの忍び姿でのお訪ねとは、何か秘密にしなければならない仔細でもございますかな」

といい、帳場の奥の座敷に招じ入れた。

河水の藤右衛門は河水楼のほかに表櫓、門前東仲町などの深川七場所に茶屋十数店を有する、深川では、

〈三本の指に入る顔役〉

と噂される人物であった。顔役といっても、いわゆる無頼の、やくざ渡世に身を置いているわけではない。あくまで茶屋の主人として、

〈女の色香《いろか》と遊びを売る商人《あきんど》〉

として稼業に励む者であった。

稼業の繁栄を第一と考える藤右衛門は、商いに災いをもたらす無法者をあくまで手厳しく扱った。河水の藤右衛門は無頼に対抗する、

〈強大な力〉

を備えていた。

向かい合って坐るなり錬蔵が切り出した。

「おざなり横丁の探索を手伝ってもらいたい。政吉と富造《とみぞう》を動かしたいのだが」

「おざなり横丁で、でございますか」

うむ、と藤右衛門が首を傾げて、黙り込んだ。

しばしの間があった。

無言で錬蔵は藤右衛門がことばを発するのを待っている。

向けた藤右衛門の顔に厳しいものがみえた。

「大滝さまの申し出とはいえ、これだけは引き受けかねます。おざなり横丁は、私ら深川の岡場所で女を売り物に商いする者たちにとっては、守り神みたいなもの。触《さわ》らぬ神に祟《たた》りなし、との、ありがたい諺《ことわざ》もございます」

「深川で商いする者にとって、おざなり横丁は守り神、と申すか」

呻くようにつぶやいた錬蔵は、しかし、

（無理もない）

とおもった。安次郎から、

「おざなり横丁はけいどうのとき、遊女たちを逃がす深川にとっては大事なところ」

と聞いている。

非公認の遊里である岡場所の風紀紊乱《びんらん》を糺《ただ》すとの大義名分のもと、思いついたかのように行われるのがけいどうであった。そのけいどうのたびに大金をはたいて買い集めた女たちを御上の役人に捕えられ、奪われてしまう岡場所の茶屋や局見世《つぼねみせ》の主人たちの怒りがいかほどのものであるか、錬蔵にも、おおかたの推量はできた。しかも引っ括られた女たちは吉原へ送り込まれ、数年近く、ただ働きさせられる仕組みが出来上がっているのだ。岡場所で商いしている者たちは、けいどうのたびに新たに女たちを買いつけなければならない。岡場所に見世を持つ者にしてみれば、けいどうは、まさしく、

〈ふんだりけったり〉

の厄介事《やっかい》に違いなかった。

そのけいどうの損害を出来うるかぎり少なく食い止める手立ての拠点が、

〈おざなり横丁〉

であった。

予測していたとはいえ、にべもない藤右衛門の物言いに、

〈よほど強引な手立てをとらぬかぎり、おざなり横丁の探索はむずかしいかもしれぬ〉

と、あらためて思い知らされている錬蔵だった。

重苦しい沈黙が座を支配している。

口を開いたのは錬蔵だった。

「後学のために聞いておきたい。深川にはおざなり横丁のように御上の威光をものともせぬ一角が、おれが知る限り、三ヶ所ほどある。そのすべてがけいどうのときに遊女たちを逃がす拠点となっているのか」

凝然と藤右衛門が錬蔵を見つめた。相手の心の奥底までをも見通すような鋭い眼光だった。

その目線を錬蔵はいつもと変わらぬ、涼やかな眼差しで受け止めている。

ふっ、と藤右衛門が微かに笑みを浮かべた。

「まさしく、惚れた弱みでございますな。大滝さまと向き合って目と目を合わせていると、何かこう、ほっておけないような妙な気持になってしまう。いま、この瞬間、お紋の心根が、何やら、男の私にもわかるような気がしております。いやはや、まいりましたな」

首の後ろを軽く平手で叩いた。

目を閉じた藤右衛門は、首を小さく後ろにそらした。姿勢をもどし、顔を突き出すようにして錬蔵を見つめた。

「大滝さまのこと、たとえ、私が話さなくとも手立てを尽くして、いずれ調べあげ、突き止められるでしょう。その手間を省いてさしあげても同業の仲間たちから恨まれることもありますまい」

「拠点となっているのだな」

黙然《もくねん》と藤右衛門がうなずいた。

「もうひとつ聞きたいことがある」

「何でございましょう」

「おざなり横丁はもちろんのこと、他の三ヶ所にも逃がし屋の本拠があるのではないか」

「お見通しの通りでございます」

あっさりと藤右衛門が応えた。

〈話していいことは、すべて話す〉

との藤右衛門の腹の括りがみてとれた。

「やはり、そうか。この深川に他に少なくとも二ヶ所、逃がし屋の拠点があることは、すでにつかんでいる。おざなり横丁なども含めると数ヶ所以上、逃がし屋の本拠があることになる。道理で、取り締まって逃がし屋の一味を何組も壊滅《かいめつ》させても、雨後の筍《たけのこ》のように、次から次へと逃がし屋が現れるはずだ」

「さきほども申し上げましたが逃がし屋は、この深川にとっては必要な悪。たとえ御《ご》法度《はっと》の埒外《らちがい》にあるものでも、その稼業を必要とする者がいるかぎり、決してなくなるものではございませぬ。不肖、河水の藤右衛門も岡場所で女の色香を売り物に商いする、御法度の埒外にある者でございます」

きっぱりと言い切った藤右衛門を錬蔵はじっと見つめた。

まさしく藤右衛門のいうとおりであった。御法度の執行人ともいうべき深川大番屋支配、大滝錬蔵と、表向きは茶屋商いをしているが客の求めに応じては公儀から認許されていないことを承知の上で、芸者、遊女の肉体《からだ》も売る岡場所の商人である、御法度の埒外にある藤右衛門が向かい合って話している。

(藤右衛門とは、まさしく、肝胆《かんたん》相照らす、といってもいいほどの深い付き合いをしている仲なのだ)

そうおもった錬蔵は無意識のうちに微かな笑みを浮かべていた。

微笑みを返して藤右衛門が問うた。

「何か楽しいことでも思い出されたので」

「いや、この世の不思議というものをしみじみと感じていたところだ。深川にやって来て、よかったとおもっている」

凝然と藤右衛門が錬蔵を見つめた。柔らかい光がその目に宿っている。目を逸《そ》らすことなく錬蔵もじっと藤右衛門を見やっていた。

わずかの間があった。

うむ、と藤右衛門がうなずいた。おのれの気持をあらためてたしかめた。そうみえる所作であった。

再び錬蔵に目線を向けて藤右衛門がいった。

「よくぞ深川に来てくださった。それが河水の藤右衛門の偽《いつわ》らざるおもいでございます。この深川で住み暮らす者たちのほとんどが、関わりの深浅はありましても岡場所につながる仕事で日々のたつきをたてております。御上からみれば取り締まるべき御法度を犯している奴らとしかみえぬでしょう。が、そんな者たちも、日々、生きていかねばなりませぬ。食っていくためには何らかの職を求めて稼がねばなりませぬ」

「わかっている。売られてきて春をひさぐ女たちのなかには、爪《つめ》に火を点《とも》すほどのおもいで貯めた稼ぎの一部を親元へ送っている者もいる、と安次郎やお紋から聞いている。貧しさゆえに故郷を捨てて深川に流れ着いた者たちは無宿ゆえ、まともな職にはつけまい。それらが御法度の埒外にある職にありつく。おれは、この世に仇《あだ》を為したり、他人に迷惑をかけることさえしなければ、たとえ御法度から外れていようと、それはそれでいいのではないか、とおもっている。ただ直向《ひたむ》きに愚鈍に生き抜く。それが大事だ、ともな」

「大滝さま、河水の藤右衛門がおざなり横丁に手をつけぬは、けいどうのとき、女たちを逃がすための拠点のひとつであることと、さらにひとつ」

「さらにひとつ、とな」

「おざなり横丁を縄張りとしている無頼たちはおざなり横丁から一歩外へ出ると、少なくとも、この深川では悪さのひとつもいたしませぬ。悪さを仕掛けぬ者たちをいたぶるわけにはいかぬが道理」

「そうか。おざなり横丁を一歩出ると、悪さはせぬか」

背後に何やら無頼たちを取り仕切る絶大な力の持ち主がいるのかもしれない、と錬蔵は推量した。

その錬蔵の推測を読み取ったかのように藤右衛門が告げた。

「入れ替わり立ち替わり、その時々に力を得た顔役が差配している一角、それがおざなり横丁でございます。他の無頼が巣くう一帯も似たようなもの。深川を知り尽くしたつもりの藤右衛門でも計り知れぬ、はっきりと善悪の区分けをつけては生きてはいけぬ深川という土地柄が生み出した、人知の及ばぬ摩訶《まか》不思議なところなのかもしれませぬな」

「摩訶不思議なところか」

つぶやいて錬蔵は黙り込んだ。

不意に溝口半四郎の顔が脳裏に浮かんだ。

御法度の埒外にいる藤右衛門とはこころを開いて話すことが出来るのに、御法度を守らせるために働く同じ立場にいる溝口とは腹の底から笑い合ったことがないようにおもえる。

(摩訶不思議か)

胸中で錬蔵は、そう独《ひと》り言《ご》ちた。

(溝口は務めにもどったのであろうか。いや、おそらく、まだ定吉の弔《とむら》いからもどってはいまい)

そう推断した錬蔵は、静かに目を閉じた。藤右衛門にこころの乱れを覚られたくない。そのおもいがとらせた動きであった。姿勢を崩すことなく藤右衛門は無言で錬蔵を見やっている。

四

「不思議な縁だ」

おもわず溝口半四郎は口に出していた。

二度と会うことはあるまい、とおもっていたお千代と再び出会ったことが、(偶然とは、とてもおもえぬ。いったん切れた縁の糸がつながるべくしてつながったのかもしれぬ)

とのおもいを深めている。

振り返ってみればお千代一家の面倒をみていた頃が、溝口にとって同心として、もっとも気力に溢れていた時代だった。

(おれは、お千代一家を窮地から救い得たとおもっていた。そのことを信じて疑わなかった)

が、いまのお千代の暮らしぶりや定吉の死に様からみて、どう考えてもお千代一家を救ったとはおもえないのだった。

うむ、と溝口は首を捻った。

溜息をつく。

こころの奥底から吐きだす大きな溜息だった。

無意識のうちに吐きだしたその溜息が、溝口を、さらに沈み込ませた。溜息には、

（おれは、お千代一家を救い得なかった。おれの仕事は甘かったのだ）

との悔恨《かいこん》のおもいが籠もっていることを、溝口自身、あらためて感じとっていた。

（お務めだけではない。すべてに甘かったのかもしれぬ）

いままでの、おのれの生き様を、お千代との再会をきっかけに突きつけられているような気がして、溝口は再び、溜息をついた。

線香の煙が揺らいで、漂ってきた香りが溝口を現実にひきもどした。

煙の向こうに定吉の白木の位牌《いはい》が置かれている。

いま溝口は料理茶屋〈浮月〉のお千代にあてがわれた座敷に坐っていた。お千代は浮月の仲居頭として住み込んで奉公している。

深川大番屋を出た溝口は、お千代とともに定吉の弔いをするべく仙台《せんだい》堀に架かる海《うみ》辺《べ》橋近くの増林《ぞうりん》寺へ向かった。増林寺の本堂の前で五十がらみの、色黒の男が待ち受けていた。羽織を羽織った、こざっぱりした出で立ちをしている。背はさほど高くないが、がっちりした体軀《たいく》の持ち主だった。

（船頭あがりの商人かもしれぬ）

男を一目みたとき、溝口が抱いた印象がそれだった。

お千代が男に駆け寄って挨拶しているところをみると、あらかじめ増林寺で待ち合わせるように話し合いが出来ていたのだろう。

ことばを交わし終えたふたりが溝口に歩み寄ってきた。

深々と頭を下げた男が溝口に声をかけてきた。

「料理茶屋〈浮月〉の主人、宗三郎《そうざぶろう》でございます。お千代は仲居頭として骨身を惜しまず働いてくれます。聞けば、たったひとりの身寄りだった弟の定吉が急死したとのこと、できるだけのことはしてやりたいとおもい、稼業上で付き合いのある増林寺に弔いを頼み込みました次第。深川大番屋詰めの同心、溝口さまには、定吉の弔いへの、わざわざのお運び感謝にたえませせぬ」

と揉み手しながら挨拶した。

「お千代たちとは八年ほど前から付き合いがある。死んだ定吉が十歳ほどの、まだ子供だった頃を、よく見知っている。せめて弔いだけでも立ち合うてやりたいとおもい、やって来たのだ」

「情けあるお計らい、さだめし定吉も草葉の陰でよろこんでいることでございましょう」

と何度も頭を下げたものだった。

そんな宗三郎の手に竹刀胼胝《しないだこ》があるのに溝口は気づいていた。それも並みの修行ではできないほどの胼胝だった。

「弔いの前に無粋なことを聞くようだが、剣術の修行を積まれたようだな。それも生《なま》半可《はんか》な修行ではないとみたが」

問いかけた溝口に宗三郎が掌《てのひら》をみせて、

「商人が竹刀胼胝をつくるほどの剣術の修行、何の役にも立たぬこと、いい加減にしなされ、剣術より算盤《そろばん》の修練の方が商人にとっては、ずっと大事ですぞ、と商い仲間から、よくいわれますが、下手の横好き、剣術の修行が大好きでして」

と屈託のない笑みを浮かべた。

「下手の横好きとはご謙遜。目録以上の腕とみましたが」

さらに問うた溝口に顔の前で横に手を振りながら宗三郎が、

「それは買いかぶりというものでございます。目録など、とてもとても。まさしく下手の横好きでございます」

応えて話を打ち切るように再び深々と頭を下げた。

増林寺の墓地の片隅に定吉を埋め、その上に卒塔婆《そとうば》を立てた。卒塔婆の前で住職が読経《どきょう》しただけの簡素な弔いだった。

その後、

「折角のお運び、このままお帰しするわけにはいきませせぬ。見世までご足労下さいませ。お口にあうかどうかわかりませせぬが、精進落《しょうじん》としの膳など食していただきたく存じます。お千代からも、お願いして」

と宗三郎がしきりに誘い、お千代にも、

「たったひとりの弟を亡くして心細く感じております。せめて今日一日、ともに定吉の冥福《めいふく》を祈っていただけませぬか。この通りでございます」

と手を合わせられて、むげにもできず、

「お付き合い、いたそう」

と応えて溝口は浮月へ足を向けたのだった。

白木の位牌を見やって溝口は、お千代一家との出会いから別れまでを振り返っていた。

深川から下谷まで、行こうとおもえば、すぐにも出向くことが出来る距離であった。

(が、おれは、それをしなかったのだ)

深川大番屋詰めを命じられたとき、溝口は大きな憤《いきどお》りを感じた。深川大番屋詰めは同心仲間の間では、

〈町奉行所のなかで扱いにくい、役立たずとおもわれた与力、同心が命じられる、島流しといってもいいほどの役職〉

と半ば侮蔑《ぶべつ》の意を込めて噂されている職務であった。

上役の与力、同心たちから、

〈融通の利かない、頑《かたく》ななほどの、一本気で身勝手な性格〉

を嫌われ疎《うと》まれた結果のことだと、溝口は察していた。

(あの頃は何をやってもおもしろくなかった。武術の出来ぬ同心たちが要領のいい世渡りの知恵だけで、おれを追い抜いていく)

日々の務めへの不平不満が高まり、次第に酒浸《びた》りの日々を送るようになっていった。

当然のことながら、遅刻はする、上役に反抗するなど、荒れた務めぶりが目に余るようになっていた。

（これではいかぬ）

とおもう気持はあるのだが、上役や同僚たちの冷えた視線を感じるとこころが荒《すさ》んだ。剣術の稽古にかこつけては、溝口を冷たくあしらっている連中を情け容赦なくぶちのめした。

そんな嫌われぬいた結果の深川大番屋詰めであったのだ。

（深川大番屋詰めになってから、おれの務めぶりは、さらにいい加減なものになっていった）

剣術の業前で溝口にかなうものは深川大番屋詰めの与力、同心のなかには誰一人としていなかった。そのことが、さらに溝口の驕《おご》りを増幅した。見廻りも下っ引きまかせで、自ら足を運ぶことはなかった。

（いまの御支配、大滝様が来られるまで深川大番屋のなかで、おれに逆らう者はひとりもいなかった）

それがいまは、年若の小幡など、溝口が錬蔵のいいつけに背こうとすると露骨に厭《いや》な顔をし、反抗する素振りさえみせるようになっていた。

（ならば捕物で手柄を立てて屈服させてみせる）

と動くのだが、どうにもうまく事が運ばない。結果を出せぬまま、深まる焦りに

鬱々《うつうつ》と日々を過ごしている溝口だった。いまでは、

（長い間、務めをおろそかにしてきた報《むく》いだ。どうにもならぬ）

と半ば投げ槍な気持にさいなまれている。

さまざまなおもいが溝口のなかで脈絡なく浮かんでは消え、消えては、また浮かんで通りすぎていく。

ぼんやりと眺めていた線香の煙が大きく揺らいだ。その揺らぎが吹き込んできた風のせいだと覚った溝口は戸襖《とぶすま》のほうを振り返った。

戸襖の向こうに宗三郎とお千代が、運んできた膳を前に坐っていた。

「取り急ぎつくらせた肴《さかな》でございます。でき次第、肴を運ばせますので、お千代と定吉の思い出話などかわしてくださいませ。今日はお千代は休みでございます」

深々と宗三郎が頭を下げた。お千代も宗三郎にならって頭を垂れた。

（お千代同様、おれも今日の務めを御支配に断りなく休むことになるかもしれぬ）

そうおもった溝口の脳裏に厳しい顔つきで見据える錬蔵の姿が浮かんだ。

（ままよ。この場は成り行きにまかせるしかあるまい）

腹を括った溝口は、

「遠慮なく馳走になる」

と笑みさえ含んで宗三郎に声をかけた。

五

河水楼での藤右衛門との話は、錬蔵にあらためて深川という土地で事の善悪を裁《さば》く任を貫く難しさを思いしらせた。

（いずれ、おざなり横丁に探索の手をのばすことになる）

との揺るぎない決意が錬蔵には、ある。

（おざなり横丁を手入れするときには藤右衛門の助けは得られまい。それどころか、敵にまわすことになるかもしれぬ）

おざなり横丁はけいどうのときに遊女たちを逃がすための重要な拠点、と藤右衛門はいっていた。町奉行所より、けいどうを行うよう命が下ったとき、どうするか、はっきりと錬蔵のこころは決まっていた。深川大番屋支配として深川に赴《おもむ》いて土地に住まう人々の暮らしをみるにつけ、

〈深川は岡場所なしでは成り立たぬところ〉

と判断し、

〈けいどうのときには、おざなり横丁には売女《ばいた》狩りの手は入れぬ〉

と決めていた。損得の勘定だけでいえば、

〈得するのはけいどうで捕らえられた女たちをただで手に入れ、働かせることができる吉原だけ〉

ということになる。このことが錬蔵には、どうにも納得できなかった。

（けいどうは吉原へ遊女を送り込むためにやる売女狩りにすぎないのではないのか）

とのおもいが、つねにある。

（江戸南、北両町奉行所の与力、同心、下っ引きたちに吉原の手先として働け、というのか）

との怒りが胸の奥底にあった。

いま、錬蔵は深川大番屋の用部屋で安次郎と小幡が来るのを待っている。もどったときに表門で張り番する門番に、

「小幡は同心詰所に、安次郎は長屋にいるはずだ。おれの用部屋に来るようにつたえてくれ」

と言いつけてあった。

文机の前に置いてある届け出の書付を手にとり目を通し始めたとき、やってくる足

音が聞こえた。近寄ってきた、その足音が用部屋の前で止まった。

「小幡です」

「安次郎です。入りやす」

ほとんど同時に声があがった。

「入れ」

応えた錬蔵の声を待ちきれないように戸襖が開かれた。開けたのは安次郎だった。

「どうも生来のせっかち者で。返事を聞く前に、ついつい戸襖を開けちまう」

小さく頭を下げていいながら安次郎が戸襖の傍《そば》に坐った。安次郎は下っ引きという自分の立場をわきまえているのか、錬蔵が声をかけるまで座敷のなかほどに坐ることはなかった。小幡は錬蔵と向き合って座している。

「安次郎、そこでは話が遠い。小幡のそばに寄れ」

声をかけた錬蔵に、

「おことばに甘えやす」

応えた安次郎が立ち上がり小幡の斜め後ろに坐った。安次郎には妙に堅苦しいところがあった。けじめというか、筋を通すというか、自分なりの物差しがあって、それを頑なに崩さない。坐る位置などに、そのことがよく現れた。

そんな安次郎の動きを錬蔵は、

〈安次郎なりの男としての矜持《きょうじ》の通し方〉

とみていた。

それぞれにそれぞれの生き方がある。錬蔵は、それぞれの生き方を否定する気はなかった。

〈この深川に住まう者たちの安穏な暮らしを日々、守るのが我らの務め〉

その務めさえ、まっとうしてくれれば、どんな生き方をしてもよい、と錬蔵は考えていた。

顔を向けて錬蔵が問うた。

「小幡、おざなり横丁で見聞きしたこと、復申してくれ」

「おざなり横丁に入るなり右頰に傷のある男に声をかけられ、後は取り囲まれたも同然の有り様でしたので、たいした手がかりは得られませんでした。が、ひとつだけ新たに聞き知った話があります」

「新たに摑んだ事実、とな」

「直助長屋の住人で定吉のほかにひとり、まだおざなり横丁にもどってきていない者がいる、という話を耳にはさみました」

「定吉のほかにもおざなり横丁に帰っていない者がいる、と申すか」

身を乗りだすようにして安次郎が口を挟んだ。

「あとのひとりも定吉と一緒に嵐の夜に舟を出したんじゃねえんですかい。そうに違いねえ。あとのひとりは荒れ狂った海に呑まれて沖合に流された。それで死体が上がらなかった。そういうことだと、あっしはおもいやす」

「そう決めつけるわけにもいくまい。嵐の夜の潮の流れの具合を調べ上げて、どこぞの浜に骸《むくろ》が打ちあげられているかどうか聞き込みをかける。まずは、その手立てを尽くすべきだろう」

応えた錬蔵に横から小幡が告げた。

「私はふたりがもどっていないと聞いただけで、一緒に動いていたか、聞いてはいませんが」

「ともに行動していたかどうか、我らにそのことを詮索する暇《いとま》はない、暇がない以上、無駄を承知で探索を仕掛けるべきだとおれはおもう」

うなずいた小幡が、

「潮の流れは漁師にきけば、あらかたのことはわかるはず。この話し合いが終わり次第、洲崎へ出向き、漁師に聞き込みをかけます」

「そうしてくれ」

ことばを切った錬蔵が目線を移してつづけた。

「安次郎、おざなり横丁で何か気づいたことがあるか」

「あっしは小幡さんの様子に気を配っていたんで、おざなり横丁では探索らしいことは何もしてやせんが、ただ」

「ただ、何だ」

「おざなり横丁には建家と建家の間に躰を横にして、やっと通れるほどの外壁に擬した隠し露地がつくられているんですが、その数が以前より増えているような気がするんで。実は、男芸者をやっていた頃、あっしは馴染みの無頼と連れだって何度か、おざなり横丁に遊びにいったことがあるんで」

「隠し露地の入り口には何か目印があるのか」

問うた錬蔵に、

「土台の、地面すれすれのところに泥に汚れたようにしか見えない、小さな点がうってあるんで。あっしは、その隠し露地に忍び込んで火付けをしたというわけでして」

「その目印については、連れだっておざなり横丁に遊びにいった無頼が教えてくれたのだな」

「その通りで」

「他に気づいたことはないか」

ふたりに視線を流して錬蔵が、さらに問うた。

それ以後は小幡も安次郎も首を傾げるばかりで、手がかりになりそうな話は何一つ出てこなかった。

半刻（一時間）ほどの時が無為に流れた。

「小幡は漁師たちへの聞き込み、安次郎はかねて打ち合わせてあった探索に仕掛かれ」

その錬蔵のことばに小幡と安次郎が強く顎を引いた。

ふたりを送りだした後、長屋にもどって着流し巻羽織という同心と見紛う出で立ちに着替えた錬蔵は深川大番屋を後にした。

行く先は下谷であった。お千代一家が住んでいた長屋については溝口から聞いていた。

その長屋へ出向き、錬蔵はお千代一家のことについて聞き込みをかける気でいた。

が、下谷に着いた錬蔵は思いがけない事実に直面することになる。お千代一家が住んでいた長屋はすでに取り壊されて空き地になっていた。

近所に聞き込みをかけた錬蔵は、三年ほど前に長屋の一角から火の手があがり全焼し、以後、建て直されなかったことを知らされる。長屋の住民の残り火の不始末から火が出たことがはっきりしていた。

何の手がかりも摑めぬまま錬蔵は深川大番屋への道を急いだ。

寝返りをうった溝口は何かにぶつかって呻いた。温かな、むっちりと柔らかい感触に、

(人肌のような)

夢うつつのなかで溝口はおもった。まだ意識はさめていない。頭が、いやに重かった。

お千代と呑み続けた酒がまだ残っているのだろう。

のばした溝口の足に絡みついてくるものがあった。お椀に似た形の、搗《つ》き立ての餅《もち》のようなものも胸に押しつけられた。

(女の乳房)

そう溝口が感じたとき声がかかった。

「目が覚めましたか」

声はお千代に似ていた。

(お千代が、なぜ、そばに)

その疑念をお千代の声が打ち消した。

「嬉しい。やっと旦那のものになれた」

頰に女の頰が押しつけられた。

躰が、溝口の躰に重なった。太股《ふともも》が絡みつく。明らかにそれが女の肉体だと覚った瞬間、溝口は、はっきりと目覚めた。

目の前にお千代の顔があった。

「お千代」

おもわず声を上げた溝口の唇に、お千代が唇を重ねてきた。

(なぜだ。なぜこんなことに)

上げたはずの溝口の声は、強く吸い付いたお千代の口中で発せられ、呻き声となって漏れ出ただけだった。

おもいもかけぬ成り行きに慌てた溝口は、もがいた。もがいた手がお千代の躰に触れ、おのれの躰をもまさぐった。

ふたりとも一糸も身にまとっていなかった。

「抱いて、もっと強く」

わずかに唇をずらして喘《あえ》いだお千代は、さらに溝口の躰に覆いかぶさってきた。密着した女の肉の感触に溝口の男が急速に目覚めた。

奔流《ほんりゅう》のように体の奥底から噴き上げてくる激情を抑える術《すべ》を溝口は持ち合わせていなかった。

「お千代」

呻いた溝口は隙間なく互いの躰を触れ合わせるべく、さらに強くお千代を抱きしめていた。

躰を覆っていた掻巻《かいまき》が剝《は》がれるようにずれ落ちた。

生まれたままの姿で絡み合うお千代と溝口を、壁際の文机の上に置かれた定吉の白木の位牌がじっと見つめている。

三章　媚態《びたい》地獄

一

翌朝、用部屋へ入った錬蔵は文机《ふづくえ》に置かれた松倉ら同心たちの復申書を手に取った。

昨夜遅く長屋にもどってきた安次郎からは、すでに話を聞いている。

「お紋に南蛮渡来の品が出回っていないか、と尋ねたら、『客から、珍しい品をもらった。どうやら異国のものらしい』といっていた芸者がいた、明日にでも、その芸者のところへ出向いて話を聞いてくる、といっておりやした。大滝の旦那の役に立ってみせる、と、やる気満々でしたぜ」

「お紋に、無理はするな、とつたえてくれ」

と応えた錬蔵に安次郎が、

「それは直《じか》にお紋にいってくだせえ。近いうちに聞き込んだ話を土産《みやげ》代わりに鞘番所に顔を出すはずで」

半ば困惑したような笑みを浮かべた錬蔵に安次郎がことばを重ねた。

「顔見知りの男芸者四人にも、異国のものとおもわれる品を持っているという奴の噂を聞き込んだら知らせてくれ、と頼んでおきました。明晩、深川七場所あたりを見廻ったら、今夜、噂集めを頼んだ男芸者から話が集まってくるとおもいやす」

無言で錬蔵はうなずいた。

目を通した松倉、八木の復申書には、

〈見廻った一帯に特に変わった様子なし〉

と記されている。

ひとりだけ小幡のものには、

〈明朝、用部屋にて報告する所存〉

とあった。前原とは、毎日、聞き込みに出かける前に用部屋へ顔を出し、つかみ得た探索の中身について話し合うと、あらかじめ決めてある。

提出された復申書のなかに溝口からの書付はなかった。

（弔いのあと、お千代に引き留められて拒めぬまま泊まり込んだのかもしれぬ）

そのことが向後、どのような結果を生むのか錬蔵には見当もつかなかった。ただ、

（当分の間、溝口はお務めの役には立たぬかもしれぬ）
との推断が胸中をよぎった。
おもわず深い息を吐き出していた。こころの澱《おり》を、すべて出し切ったのか、すぐに
錬蔵は、
（それもよかろう。溝口を、あらかじめ頼りとする員数に加えねばよいだけのこと）
と思い直していた。
手にした小幡の復申書を錬蔵が文机に置いたとき、廊下を渡る足音が聞こえた。
ほどなく、戸襖の向こうから声がかかった。
「小幡です」
「入れ」
戸襖が開けられ、小幡が入ってきた。向かい合って坐るなり話し始めた。小幡の顔
がこころなしか沈んでみえる。
「昨夜、漁師たちの家を訪ね五人ほどに、嵐の夜に舟を出し、遭難したら、どこに流
れ着くであろうか、と問いかけたところ」
「漁師たちは、どこへ流れ着くか見当がつかない、と答えたか」
「異口同音《いくどうおん》に。荒れ狂う海に呑まれ揉まれて沖合に流れ出し、魚の餌《えさ》になったのでは

ないか、という者もおりました」
「潮の流れから流れ着いた土地がどこか割り出すのが難しい、となると、直助長屋に
もどっていない、もうひとりの行方を探しだす手立てを新たに思案せねばなるまい
な」
「深更にでも抜け道からおざなり横丁に潜《もぐ》り込み、直助長屋に住まう者のひとりでも
拐《かどわ》かしてきましょうか」
眦《まなじり》を決して小幡がいった。顔つきからみて、本気で仕掛ける覚悟でいるのはあき
らかだった。
「それはならぬ」
小幡は一膝すすめて問うた。
「なにゆえ、ならぬと」
「追い詰めた小幡が、どこから逃げ出たか、おざなり横丁の無頼どもは、すでに気づ
いているだろう。抜け道の、おざなり横丁側の出口で、忍び込んで来る者がいるかも
しれぬ、と手ぐすねひいて待ちかまえているだろうよ。みすみす殺されに行くような
ものだ」
「しかし、何もせぬわけにはいきませぬ。聞き込みに出かけ、しくじったのは我が身

の恥と考えております」

「我が身の恥か」

じっと小幡を見やった錬蔵の眼に柔らかな、包み込むような光があった。

（若い頃、おれも、探索にしくじるたびに、この恥辱、雪《すす》がずにはおけぬ、と悔しがったものだ）

不意に錬蔵の耳に、深川大番屋へ赴任することが決まったときに年番方与力の笹島《ささじま》隆兵衛《りゅうべえ》がいったことばが甦った。

「小幡欣作という若い同心がいるが、この男、人との付き合いが下手でな。気に入らぬと黙り込む。命令には口答えして、自分が納得するまで問いかけ、動こうとしないという扱いにくい性格だそうな。気まぐれで頑固《がんこ》な男、と上役、同役たちから疎《うと》まれ、深川大番屋詰めを命じられた、と聞いている。いずれにしても深川大番屋は北町奉行所の厄介者たちが島流し同然に送り込まれるところなのだ」

眼をしばたたかせ心配げに見つめていた笹島の眼差しを錬蔵は忘れてはいない。笹島隆兵衛は探索途上、命を落とした錬蔵の父、大滝軍兵衛《ぐんべえ》の親友であった。軍兵衛の亡き後は、父親代わりに何かと錬蔵の面倒をみてくれた人物であった。

（小幡の、一途さが勝ちすぎて、融通のきかない質《たち》が上役、同役から面倒がられて疎

外される結果を招いたのだろう）

とにかく小幡の言い分を聞き、互いに納得するまで、とことん話し合う。それが小幡にやる気を起こさせる手立てのひとつなのかもしれない。

（気を抜くことなく、ひとつひとつ丁寧に積み重ねて、こころを触れ合わせていくしかあるまい）

そう錬蔵はおもった。

じっと小幡を見つめて、告げた。

「我が身の恥、というが、殺《や》られる恐れのあるおざなり横丁に出かけていって、もどって来れぬときは深川大番屋の面子《メンツ》にかけ、総力をあげて小幡の安否をたしかめるべく動きを起こさねばならなくなる。そうなったら、おざなり横丁に巣くう無頼どももも抗《あらが》ってくるに違いない。怪我人、いや死人が出ることになるかもしれぬぞ。我が身の恥を雪《すす》ぐか、同役、手先を危ない目にあわせるか、どちらを選ぶかは、小幡、おまえ次第だ。おれが、おざなり横丁に行くことは許さぬ、といっても、おれに隠れて、おまえがおざなり横丁に出かけていけば、結果は同じ事になる」

「しかし、御支配」

「この場で決めろ、とはいわぬ。よく考えてみることだ。今日のところは見廻りに出ろ。わかったな」

膝に目線を落として小幡は口を開こうとしなかった。

しばしの間があった。

「わかりました」

絞り出すような小幡の声音であった。

「時が過ぎる。行け」

突き放すように錬蔵が顎をしゃくった。

二

用部屋から出ていった小幡の足音が遠ざかるのと入れ違いに、別の足音が近づいてきた。計ったような間だった。一度は用部屋近くまで来た前原が先客がいるのに気づいて、どこか近くの廊下あたりで刻《とき》を潰していたに違いない。

案の定、戸襖の向こうから前原の声がかかった。

「前原です」

「御苦労」

戸襖を開けた前原に錬蔵が声をかけた。

「気を使わせたようだな」

神妙な顔つきで錬蔵の前に坐った前原が、

「我が身の恥、と悔しげな小幡殿の声が廊下まで漏れ聞こえましたので、足音を消して遠ざかり、人目につきにくい近くの縁側で日向《ひなた》ぼっこをしておりました」

「小幡はおざなり横丁の探索に出向き、無頼たちに取り囲まれ奥まで連れ込まれて、危うく命を落とすところだったのだ。安次郎の機転で事なきを得た」

「そういうことがあったのですか。我が身の恥か……」

我が身の恥、と感じるような羽目に陥った、かつての出来事を思い出している。そう感じさせる前原の口調であった。

「そうですか、安次郎が小幡殿を助けたのですか」

さらにつぶやいた前原が、ぽんと膝を叩き、

「小幡殿のことに気をとられて、危うく失念するところでした。安次郎から言づてがあります」

「安次郎から」

「溝口殿が昨夜から長屋に帰っていない、と御支配につたえて欲しい、ということで

した」

「溝口がもどっていない、だと」

うむ、と首を捻《ひね》って錬蔵は黙り込んだ。

「溝口殿がどうかしたのですか」

「ちょっと、な」

ことばを濁した錬蔵の様子から、

(何か、ある)

と感じとったのか前原は、それ以上問いかけようとはしなかった。

わずかの沈黙があった。

口を開いたのは錬蔵だった。

「南蛮渡来の品のこと、手がかりがあったか」

「鶩《あひる》の一帯、門前東仲町を縄張りとする、ふたつのやくざ一家の代貸とつれだって、みかじめ料を取っている店を片っ端からあたってみました。鶩にひとり、門前東仲町にふたり、合わせて三人、異国の品とおもわれる櫛や髪飾りを持っている遊女がみつかりました」

「品は確認したか」

「さすがに地回りのやくざ、どこのなにがしが持っているとわかると、すぐさま乗り込んでくれました」

「用心棒をやっていた頃からの付き合いで、いまは深川大番屋の務めに就いていることを承知でやくざたちが動いてくれる。陰日向のない、おまえの人柄を、やくざたちが慕ってくれているのだな」

「怪我の功名、の類《たぐい》かもしれませぬ」

生真面目な顔つきで前原が応えた。前原伝吉はもともとは北町奉行所の同心だった。錬蔵直属の配下だったが妻の不義を恥じて、

〈職を辞す〉

との書付を錬蔵の文机に残し子供ふたりをつれて行方をくらました。前原にとっての我が身の恥、がこれだった。再会したのは錬蔵が深川大番屋支配の任に就いて、まもなくのことである。前原は、深川のやくざ一家の用心棒として錬蔵の前に現れた。行く方知れずとなって以来ずっと前原のことを気にかけていた錬蔵は、

「もう一度、おれの下で働く気はないか」

とすすめた。一度は躊躇した前原だったが、思案の末、

「人並みのこころや幸せを捨てたつもりで、流れにまかせて生きてきました。が、今

一度、夢を、夢を見たくなりました」

と錬蔵の誘いに応じたのだった。前原の今の役向きは同心ではなく安次郎と同じ、〈錬蔵直下の下っ引き〉

であった。

あらためて錬蔵が問うた。

「どんな品物か、おのれの目でたしかめたか」

「如何様《いかさま》。遊女たちは、いずれも『馴染みの客からもらった』といっておりましたが」

「どう見えた」

「私は商人ではないので品物の目利きはできませんが、珍しい品であることだけはわかりました」

「遊女三人が持っている品が南蛮渡来のものだとすると、出回っていることだけはたしかなようだな」

「馴染みの客の名を遊女たちに問い糾《ただ》したのですが教えてくれませんでした。代貸たちを動かして聞き出しますか」

「遊女たちに深川大番屋として『誰から、その品をもらったのだ』と問うても、まっ

とうな返事は返って来るまい。いい加減な話をされるのがおちだ。そう、おもってい
るのだな」
「遊女にしてみれば、けいどうで情け容赦なく女たちを引っ捕らえる町奉行所の役人
は仇《かたき》同然の相手でしょう。一緒に動いてくれた代貸も私のことを用心棒の先生だと女
たちに話していましたし……」
「そうだろうな」
黙り込んだ錬蔵は、
（けいどうで手入れする立場にある深川大番屋の者たちと、岡場所の遊女たちが相容《あいい》
れることは、まず、あるまい）
と胸中でつぶやいていた。
唐突に錬蔵の脳裏にお千代の顔が浮かんだ。あのとき、錬蔵と顔を合わせようとも
しなかったのは町奉行所の与力にたいする敵意を、つねにこころに抱いているから
か。お千代にとって溝口は同心という役向きを超えた存在なのかもしれない。
「男と女のかかわりかもしれぬ」
無意識のうちに錬蔵は口に出していた。
「男と女、とは」

問いかけた前原の声が錬蔵を現実に引き戻した。

「いや、何でもない」

応えた錬蔵に前原が、

「いかがいたしましょう。代貸たちを使って女たちから客の名を聞き出しますか」

「そうよな」

腕を組んだ錬蔵は空に目線を据えた。

ややあって、前原を見やった。

「いましばらくは、異国の品がどれほど出回っているか、それだけを調べればよい。かなりの数が出回っていれば抜け荷が行われているとみるべきであろう。客の名を聞き出すのは、その後でよい」

「承知しました」

応えて前原が顎を引いた。


深川大番屋へもどる溝口の足取りは重かった。

胸に顔を埋めて何度も繰り返したお千代のことばが溝口の耳に甦ってくる。

「たったひとりの身内の、弟の定吉が死んだ。いまでは溝口の旦那だけがあたしのこころの支えなんだ。縋《すが》る相手は溝口の旦那ひとり。いま、はっきりわかったんだ。あたしゃ、八年前のあの頃から、溝口の旦那に恋していたんだよ」

そういっては何度も溝口の唇に唇を重ねて抱き縋ってきたお千代だった。

何度も求め合い、お千代と抱き合ったまま眠りについた溝口は、ふと目覚めて夜具のなかで、わずかに躰を起こした。そのとき、目に飛び込んできた定吉の白木の位牌が、通夜同然の座で、お千代の肉体の誘いに負けて睦《むつ》み合った溝口の不徳を咎《とが》め立てしているような気がして、おもわず目を背けたときの厭《いや》な気分が、いまも、こころに深く根を下ろしている。

(御支配は、断りもなく一晩長屋を空けたことを厳しく叱責されるに違いない。叱責ですめばよいが)

鬱々《うつうつ》とした気分は深川大番屋に近づくにつれて強まってきた。しかし、大番屋にもどらないわけにはいかなかった。溝口の帰るべき場所は、どう考えても深川大番屋しかなかったからだ。錬蔵が自分にたいしてどんな対応をしてくるか、あれこれと思案を重ね、やがて、

(謹慎《きんしん》を命じられることになるかもしれない)

と思い至った。

その瞬間、溝口のこころに、

（ままよ。それならそれでいいではないか。謹慎はいい骨休めになる）

との開き直りが生まれた。

行く手に深川大番屋の表門が見えてきた。前方を見据えた溝口は表門へ向かって足を速めた。

用部屋へ顔を出した溝口に錬蔵は、

「定吉の弔いはすんだか」

と問いかけてきた。

「弔いの後、お千代が仲居頭として奉公する鶩の料理茶屋〈浮月〉の主人、宗三郎に誘われるまま浮月に向かいました。定吉の位牌を前に、お千代と昔話をするうちに刻《とき》が過ぎ、一夜、語り明かしてしまいました」

応えた溝口に、

「すでに見廻りに出る刻限は過ぎている。昨日は定吉の弔いにかまけて定められた一角を見廻ってはおるまい。その一帯で何かが起きているかもしれぬ。すぐにも支度をととのえて出かけるがよい」

それだけ告げて錬蔵は文机に山と積まれた書付を手にとった。それからというもの、溝口に目を向けようとはしなかった。

何の咎めもないことに拍子抜けした溝口は、しばし、座したままでいた。

書面に眼を置いたまま錬蔵が告げた。

「何をしている。早く見廻りの任につけ」

「直ちに」

大刀を手に溝口が立ち上がった。

三

昼近くの深川門前東町を薄化粧のお紋が歩いて行く。粋に着こなした縦縞の、浅葱《あさぎ》色の小袖が、お紋によく似合っていた。身についたものだろう。浮世絵から抜け出たような姿形と、漂う、そこはかとない色香が道行く人々を振り向かせた。

お紋は妹分の芸者の小染《こそめ》が住み込む入船町の置屋へ向かっている。先夜、座敷で芸者仲間から、

「小染ちゃんが異国の品とおもわれる髪飾りを持っている」

と耳にしていた。それがどんな品か、たしかめに行くつもりでいる。できれば、その品を小染から預かり、明日の朝早く朝餉《あさげ》の菜とする青物や蜆《しじみ》などを取り揃えて深川鞘番所へ向かう気でいた。

このところ務めが忙しいのか錬蔵が河水楼などの茶屋へ、ゆっくりと顔を出すことはなかった。

（茶屋に顔を出すより、あたしの住まいに立ち寄ってくれたほうが、ずっといい）

とつねづねおもっているのだが、錬蔵には、その気がないのか訪ねてくる素振りさえみせない。

（なら、あたしが押しかけるだけのことさ）

と意気込みだけはいいのだが、いざ、押しかけるときになると、

（しつこくて、うるさい女とおもわれるんじゃないか）

などと気後れして、ついつい足が遠のいてしまう。

（顔を出せる理由《わけ》をみつければいいんだ）

と鞘番所へ顔を出すきっかけを探すのだが、いざとなると、これが、なかなか都合良くはみつからない。

「南蛮渡来の品が深川に出回っているかどうか調べてくれねえか。抜け荷の臭いがす

るんだ」

と昨夜、お座敷に行く途中の馬場通りで安次郎に呼び止められ、町家の陰に連れ込まれて耳打ちされたときは正直、飛び上がりたいほど欣喜《きんき》したお紋だった。が、表向きは、精一杯落ち着いたふりをして、

「この話、大滝の旦那が、あたしを名指ししての頼みなんだね。嬉しいねえ。旦那は、やっぱり、あたしを頼りにしてくれてたんだ。深川芸者は気っ風と意気地が売り物なんだ。大船に乗った気でまかせておくれ」

とそらした胸をぽんと叩いたものだった。

が、男女の機微を知り尽くしている男芸者あがりの安次郎には、錬蔵への恋慕を懸命に押し隠したつもりのお紋の女心は、お見通しだった。

「朝早くだったら、旦那は間違いなく長屋にいるぜ。できれば朝餉の支度などをして顔を出すと旦那と差し向かいの朝餉を楽しめるってもんだ。ご馳走、楽しみにしてるぜ」

にやり、と安次郎が意味ありげな笑みを浮かべた。その、

〈いかにも人をからかったような憎たらしい目つき〉

を今でもお紋は忘れられない。

「悔しいねえ」

おもわずお紋はつぶやいた。お紋が惚れていることを知りながら、妙にしらじらしい様子をみせる錬蔵の優柔不断さが物足りなくて、時折、腹立たしい気分になるお紋なのだ。

〈焦《じ》れったいねえ。あたしなら、ふたりきりになるなり、いきなり押し倒して、男と女の仲になっちまうのにさ〉

ふん、と鼻を小さくならした後、

〈そりゃ、あたしだって押し倒されても、すんなり為すがままにはならないさ。少しは抗ってみせなきゃ女がすたるってもんだ〉

その場を思い描くたびに、胸が締め付けられ、おもわず深い溜息をついているお紋だった。

「これじゃ蛇の生殺しも同然だよ。どうすりゃ気分が晴れるのかねえ」

独り言《ご》ちたお紋は、目についた足下の小石を、いきなり、ぽん、と蹴り飛ばした。うまいこと当たったのか、その小石が思いがけぬ勢いで飛んで、十数歩ほど離れたあたりに落ちた。

「いけない。人に当たるところだった」

首を竦《すく》めて見やったお紋の目が大きく見開かれた。町家の陰に隠れるようにして立ち話をしている男と女の姿があった。着流し巻羽織という出で立ちからみて男は同心とおもえた。女の顔には見覚えがなかった。が、小袖の着こなしからみて堅気の女とはおもえなかった。

(芸者や遊女ではない。おそらく、どこかの茶屋の仲居)

同心が誰か、興味が湧いた。

(あのふたり、様子から見て、できてるね)

女の勘は鋭い。ましてや、お紋は、芸を売るだけではなく男と女の色事の駆け引きのなかで生きている岡場所の芸者であった。

(理無《わり》い仲にある男女は一目でわかる。長年、芸者をやってるんだ。それくらいのことがわからなくてどうするね)

できれば同心の相手の女の後をつけて、どこの誰か、たしかめてやろう、と近寄ったお紋は、慌てて天水桶の陰に身を隠した。

女を振り切るようにして町家の陰から同心が出てきたからだ。

「溝口の旦那」

おもわずお紋は声に出していた。同心は深川鞘番所の溝口半四郎に違いなかった。

溝口に向かって手をのばし、追いすがるかのような仕草で女が走り出てきた。その女が、歩き去る溝口の後ろ姿を見送って大きく溜息をついた。肩を落とす。ゆっくりと踵《きびす》を返した女は諦めきれないように振り返った。すでに溝口は遠ざかっていた。女は溝口が立ち去ったのとは逆側の、お紋のいる方へ歩いて来る。

（この女の後をつけよう。朝の遅い小染ちゃんのことだ。女の住まいを突き止めてから訪ねてもつかまるはず）

そう判断して女の後をつけだしたお紋だったが、

（もし女の住まいが深川じゃなかったら、どうしよう。小染ちゃんから南蛮渡来の髪飾りを預かれなくなっちまう）

との迷いが生じた。

が、次の瞬間、お紋はその迷いを捨て去っていた。

（溝口の旦那を見廻りの道筋で待ち伏せしていたとおもわれる女の住まいを突き止めることは必ず大滝の旦那の役に立つ）

と考え直したからだ。

女は一度も振り返ることなく歩いていく。つかず離れず、お紋は女をつけつづけた。

永代寺門前東町から富岡八幡宮を右にみて永代寺門前町の手前、二十間川《にじっけん》に架かる蓬莱橋《ほうらい》を渡った女は佃町の、俗に鶩《あひる》と呼ばれている一角へ向かっていく。ほどなく女は瀟洒《しょうしゃ》なつくりの建家の裏手に入っていった。

女は建家の裏口とおもわれる片扉の檜皮葺《ひわだぶき》門から中へ入っていった。塀に貼り付くようにしてつけてきたお紋は女の姿が建家のなかへ消えるのを見届けてから急ぎ足で表へまわった。

〈料理茶屋　浮月〉

との柱行灯《あんどん》が観音開きの板屋根の木戸門の門柱に掲《かか》げられていた。

浮月という見世の名には馴染みがなかったが、この建家はもとは、

〈信楽楼《しがらき》〉

という名の料理茶屋だったことをお紋は思いだした。五年ほど前に主人が急死して売りに出された、との噂を聞いたことがある。

いまは信楽楼を買い取った新たな主人が見世の名を、

〈浮月〉

とあらためて商いしているのであろう。

永代寺門前町から鶩までは目と鼻の先ほどの距離である。張り切って尾行したお紋

はあまりの近さに拍子抜けした。

（急いで小染ちゃんのところに行かなくちゃ）

気を取り直してお紋はもと来た道へ引き返していった。

三十三間堂の甍《いらか》が威容を誇って冬の青く澄み渡った空をくっきりと切り裂いている。

置屋〈若藤屋《わかふじ》〉は汐見《しおみ》橋近くにあった。橋の手前を左へ曲がると二十間川沿いの通りに面して三十三間堂町の遊所がある。近くには永代寺門前東仲町、永代寺門前東町、永代寺門前町、永代寺門前仲町、永代寺門前山本町と深川有数の岡場所がつらなっている。若藤屋は、どの遊里へ出るにしても絶好の足場といえるところにあった。

若藤屋に小染はいた。突然訪ねてきたお紋を厭《いや》な顔ひとつしないで小染は迎えいれた。

「実は竹屋の太夫《たゆう》からの頼まれ事なんだよ。立ち話も何だからさ」

「竹屋の太夫といえば、御用の筋」

いいかけた小染の口を人差し指で軽く押さえたお紋が、

「ともかく立ち話もなんだから座敷に上がらせてもらうよ」

と勝手知ったる他人の家、お紋は小染にあてがわれた一間にさっさと上がり込んでしまった。

後からついてくる格好になった小染が腰を下ろす前に、先に坐ったお紋が話しかけた。

「呼ばれたお座敷で小耳にはさんだんだけど、小染ちゃん、異国の品と思われる髪飾りをもらったんだって」

「廻船問屋の喜浦屋《よしうら》さんから『これは珍しいものだから』と恩着せがましく、ね。渡されるときに手を握られ、引き寄せられて袖の奥まで別の手を突っ込まれて脇の下まで触られたんですよ。でっぷりと肥《ふと》った、脂《あぶら》ぎった喜浦屋さんの酒臭い息が顔にまともに吹きかかって、逃げ出したくなったくらい」

壁際に置いた簞笥《たんす》の抽出《ひきだし》をあけた小染は桐の細長い小箱を取りだした。

前に坐った小染がお紋に蓋《ふた》をあけながら小箱を差し出した。

手に取ったお紋は小箱のなかの髪飾りにしげしげと見入った。

「なるほど、これは珍しい品だね」

髪飾りは金の地金に青、赤、緑などの宝玉をちりばめた、みるからに煌《きら》びやかなものだった。

顔をあげたお紋が小染に目を向けた。

「この髪飾り、しばらく預からせてもらってもいいかい」

「もちろん」

応えた小染が身を乗りだして小声で問いかけた。

「これ、抜け荷の品なんですか」

「それを鞘番所の御支配が直々《じきじき》にお調べになろうというのさ」

「鞘番所の御支配が」

驚いた顔つきとなった小染が髪飾りを見やってつぶやいた。

「抜け荷の品かとおもうと、なんかこう薄気味悪いような」

「蓋」

手を出したお紋に小染は手に持ったままだった木箱の蓋を渡した。

木箱に蓋をしたお紋が、

「この髪飾り、明日の朝一番に鞘番所へ出向いて御支配さまに直に手渡してくるからね。なくなる心配はないよ。なにせ預ける先は御上の御用を務める鞘番所の御支配さまだからね」

なぜか得意げにお紋が胸をそらした。

四

大和《やまと》町に住まう昔馴染みの男芸者の咲太郎《さくたろう》を訪ねた安次郎は、次の聞き込みの相手を求めて十五間川に架かる永居橋を渡ろうとして足を止めた。富岡町の方から歩いてくる小幡と前原の姿をみかけたからだ。

見廻りに出ているはずの小幡と深川中のやくざ一家をまわって子分たちに南蛮渡来の品が出回っているかどうか聞き込んでいるはずの前原が行を共にしている。どうみてもおかしな組み合わせだった。

(何かある)

直感が安次郎にそう告げていた。

半ば反射的に躰が動いていた。町家の陰に身を隠した安次郎はじっとふたりを見据えた。

ふたりは安次郎に気づくことなく通りすぎていった。永居橋を渡り右へ折れる。

「まさか、おざなり横丁《ご》に乗り込む気じゃねえだろうな」

独り言ちた安次郎は目線を前原と小幡に据えながら町家の外壁につたうようにして

歩きだした。前原と小幡に気づかれないようにするための動きだった。

おざなり横丁の塀沿いの河岸道から十五間川の土手にふたりは下りていった。

ふたりが土手のなかほどにある抜け道の出入り口の横穴からおざなり横丁に入り込もうとしているのは明らかだった。

（なんてことだい。小幡さんも前原さんも、どうかしてるぜ。まるで死ににいくようなもんじゃねえか）

胸中でぼやきながら永居橋を渡った安次郎は、いつのまにか急ぎ足になっていた。

（早く止めなきゃ）

というおもいが自然にそうさせていた。

おざなり横丁の塀と町家の間の露地を通りすぎたとき、

「安次郎」

との声がかかった。低いが、ずしりと腹に響く声音に覚えがあった。錬蔵のものに違いなかった。

声のした方を振り向くと深編笠の端をもちあげた錬蔵が、

〈来い〉

というように顎をしゃくった。

さりげなく周囲を見回した安次郎は人目がないのをたしかめると露地のなかへゆっくりと入っていった。

人ひとり通るのがやっとの道幅の露地で向き合った錬蔵に安次郎が聞いた。

「旦那、なんで、ここに」

「用部屋で会ったときの小幡と前原から気がかりなものを感じとったので、町役人からの願い書の処理を途中で止めて同心詰所をのぞいたのだ。顔を出すと小幡と一緒に見廻りに出ているはずの下っ引きのふたりが所在なげに坐っている。問い糾すと小幡が『急ぎの用ができた。所用を終えてもどってくるので、それまで待っていろ』といって前原と一緒に出ていった、という。それで、てっきり、おざなり横丁へ向かったのだろう、とにらんで、やって来たのだ」

「しかし、殺されかけて悔しいおもいをした小幡さんがおざなり横丁に殴り込みをかけようという気になるのはわかりますが、何で前原さんまで付き合うのか、よくわからねえ」

首をひねった安次郎に錬蔵が、

「安次郎も、うすうすわかってきているだろうが、前原はかなりの苦労人でな。自分が苦労を積み重ねた分、人の痛みを強く感じとってしまうのだ。性癖、に似たものがあるのかもしれぬ。小幡が『我が身の恥』と悲痛な声を絞り出したのを、たまたま用部屋へ向かってきた前原が立ち聞きした。前原は『我が身の恥』を雪《すす》ぐために同心の職を辞したとの過去を持つ男でな」

「なるほど。前原さんには、我が身の恥とおもいつめるほど口惜《くや》しいめにあった人のこころの痛みを、我が事のように感じてしまう癖があるってことですかい」

「つまるところは、優しいのだ。優しすぎるために相手のおもいをおのれのこころに重ねてしまう。結句、相手と同じ哀しみ、悔しさをおのれ自身で背負ってしまうことになる。が、その優しさが深川大番屋の手先となったいまでも、深川のやくざたちから用心棒をやっていた頃と変わらぬ付き合いをしてもらえる前原のいいところなのだろう」

「そのあたりのことは、あっしにもわかります」

「抜け道に小幡が入っていくぞ」

かけられた錬蔵の声に安次郎が土手を見やった。

大小二本を前原に手渡し這いつくばった小幡が、抜け道の出入り口の横穴に潜り込もうとしている。前原は土手道から抜け道の出入り口を隠すように立っている。

抜け道のなかに小幡の姿が消えたのを、どこかでうかがっていたのか、おざなり横丁から十数人の男たちが走り出てきた。そのなかに右頬に傷のある男も見うけられた。

「おもった通りの仕儀になってきやしたぜ。旦那、どうしやす」

土手を見つめたまま振り返ることなく安次郎が聞いてきた。

「いま少し様子をみよう」

振り向いて安次郎が、

「様子をみている暇はありやせんぜ。すぐに斬り合いが始まりまさあ」

にやり、として錬蔵が応えた。

「気分まかせに考えなしに動くとどういうめにあうか、躰で覚えるよい機会だ。ぎりぎりまで待つのが真の情けというもの」

「ふたりとも斬られるかもしれませんぜ」

心配そうに安次郎が顔を歪《ゆが》めた。

「大丈夫だ。小幡はともかく前原の剣の腕はなかなかのものだ。しかも用心棒をやって修羅場を何度もくぐっている。そう簡単にやられることはあるまい」

前原たちを見やっていた安次郎が声を高めた。

「旦那、前原さん取り囲まれましたぜ。畜生、おざなり横丁の奴ら、匕首《あいくち》を抜きやがった」

「そろそろ行くか。安次郎、奴らに気づかれぬように近寄るぞ」

「合点承知」

露地から河岸道に歩み出た安次郎に錬蔵がつづいた。おざなり横丁の黒い板塀に沿ってすすんでいく。


油断なく男たちの動きを見つめながら、片膝をついて抜け道の横穴に小幡の大小二刀を押し込んだ前原は刀の鯉口を切った。

男たちは匕首を手に、じりっ、じりっと包囲の輪を狭めてくる。前原は刀の柄に右手をかけ居合いの構えをとった。

右手から男が突きかかった。前原の大刀が鞘走った。斜め上へ向かって走った閃光が陽差しを受けて七色に燦《きら》めいた。その七色の光が消える間もなく紅色の糸が宙に舞った。その紅色の糸と見まごうたものが噴き上がった一筋の鮮血だとわかったとき、突きかかった男が腕を押さえてのたうち、土手を転げ落ちていった。

「来い。容赦はせぬ」

中段に構えて前原が男たちを睨みつけた。前原は抜け穴の口の前を守るようにして立っていた。

「ひるむな。もうひとりが抜け道から出てくる前に始末するんだ。一斉に突きかかれ」

傷のある男が怒鳴った。男たちが四方八方から同時に突きかかった。前原に逃れる術《すべ》はなかった。前原は刀を左右に振り回した。が、背中への攻撃は避けきれなかった。大刀を返して捻った前原の脇腹に匕首が突き立った。その瞬間、匕首を持った男は朱に染まってのけぞっていた。

振り向いた傷のある男の眼に、大刀を手に男たちに斬りつける深編笠の浪人の姿が映った。深編笠の浪人こそ、深川大番屋支配、大滝錬蔵だった。錬蔵の後ろから遊び人風の男が、痛みに耐えかねたか片膝をついた前原に向かって走っていくのが見えた。遊び人風は安次郎であった。

「野郎、邪魔しやがって」

傷のある男が声を荒らげた。

「匕首片手に挑んでくるのだ。命は捨てる気とみた。逆らえば斬る」

正眼に構えて錬蔵が応えた。ことばの意味するところとは裏腹に、穏やかな声音だった。男たちが左右から突きかかった。錬蔵が左右に刀を打ち振った。軽く振ったとしか見えなかったが、刃は男たちの手首を切り裂いていた。匕首を取り落とした男たちが手首を押さえて激痛に呻いてよろけた。

「貴様が兄貴分か」

いうなり錬蔵が傷のある男に向かって一跳びし、峰に返した大刀を肩口に叩きつけた。

瞬《まばた》きする間もない早業だった。傷のある男は大きく呻いてその場に崩れ落ちた。傷のある男が昏倒したのをきっかけに男たちは後退りした。

「来るか」

男たちに向かって錬蔵が一歩足を踏み出した。

「野郎」

「覚えてやがれ」

男たちがわめきながら、おざなり横丁へ向かって逃げ去った。

振り向いた錬蔵の眼に穴から抜け出た小幡の姿が飛び込んだ。

「小幡、なにゆえの動きだ」

低いが声に威圧があった。

「御支配」

大刀を両手に抱え、泥まみれの無様な姿で小幡は頭を垂れた。悪戯《いたずら》っ子が悪戯を見つけられしょげ返っている。そうとしか見えない小幡の有り様だった。顔を上げて錬蔵に告げた。

「抜け道がふさがれておりました。奥に行くと丸太が隙間なく詰めてあって、びくともしません。それでもどってきたら斬り合いになっていて、穴から出るに出られず」

「おざなり横丁の無頼どもが相手だ。何が起こっても不思議はないとおもわなかったのか。おのれの迂闊《うかつ》を恥じることだ」

「申し訳ありませぬ」

肩を落とした小幡がさらに頭を下げた。

「小幡だけではない」

ことばを切った錬蔵が目線を移した。その先に前原の躰を支えて片膝をついた安次郎がいた。手に匕首を持っている。前原の脇腹に突き立っていた匕首を抜いたのだろう。

「前原、そのざまは何だ。『我が身の恥』と口惜しさを露わにした小幡のおもいに惑わされ、踊らされて、この始末か。年嵩《としかさ》のおまえが小幡をなだめることもせず、共に抜け道からおざなり横丁に潜り込もうとするなど言語道断。向後、おれの指図を受けずに動くこと、許さぬ」

　聞く者を震え上がらせるほどの厳しさが、その声に籠もっていた。

「面目、面目次第もございませぬ」

　絞り出すような前原の声であった。深々と頭を垂れた。

「旦那、前原さんは怪我をしているんだ。そのくらいで勘弁してやっておくんなせえ」

　必死さを漲《みなぎ》らせて安次郎が声を上げた。

「小幡」

　呼びかけて錬蔵が顔を向けた。

「おまえも向後、勝手に動くことは許さぬ。当分の間、おれの許しを得てから探索に仕掛かるようにしろ。わかったな」

「承知しました」

　大小の刀を腰に差し、小幡が神妙な顔つきで応えた。

「そこで気を失っている、顔に傷のある男を深川大番屋まで担いでいけ。牢にいれ、じっくりと責めあげておざなり横丁のことを聞き出すのだ」

「承知」

「斬った怪我人はどうしやす」

問いかけた安次郎に、

「この場に置いていけ。無頼仲間が怪我の手当などしてくれるだろう」

傷のある男を小幡が肩に担ぎあげるのを見届けて錬蔵が下知した。

「行くぞ」

歩きだした錬蔵につづいて小幡が、前原の肩を支えた安次郎が歩きだした。

五

台所で、包丁で青物でもきざんでいるのか俎板《まないた》を叩く音がしている。お紋が朝餉の支度をしているのだった。

その音を錬蔵は心地よいものに感じていた。幼い頃、母を亡くした錬蔵にとって俎板の音は母への追憶に通じる数少ないもののひとつであった。錬蔵は、いま、台所の土間からつづく板敷の間に眼を閉じて座している。

出来うるかぎり日々、行うようにしている剣の錬磨を終えたところに朝餉のための食材を手にしたお紋がやってきた。

「あたしです。入りますよ」

と声をかけるなり返事も待たず表戸を開けて入ってきたお紋が、稽古着から小袖に着替えて奥の座敷から出てきた錬蔵に袂からとりだした桐の小箱を掲げてみせ、

「小染ちゃんが客からもらった異国の品とおもわれる髪飾りを預かってきましたよ。必要なくなるまで旦那のとこに置いておきますから役に立ててくださいな」

と上がり端に置いたのだった。

歩み寄って小箱を手にとって蓋を開けた錬蔵が、

「珍しい品、南蛮渡来のものに違いない」

と独り言ちた。じっと錬蔵を見やっていたお紋が、

「あたしの見立てもそうですよ。旦那、芸者稼業をやっていると、持ち込まれた小袖や簪《かんざし》などの品の目利きができないと、それこそ安物を高値でつかまされてしまう。それで自然と、目利きになっていく。その髪飾り、異国の品に決まってます」

大きくうなずいてみせた。

「どれどれ」

と、これも着替えて、あてがわれている一間から出てきた安次郎が木箱をのぞきこんだ。

「これは珍品。飾りの宝玉が異国の細工だ。南蛮渡来の品ですぜ」

といった後、お紋に眼を向けて、つづけた。

「さすが深川一の売れっ子芸者と評判をとるお紋姐《ねえ》さんだ。あっしの頼みを聞いてすぐに、こんな品を手に入れてくれるなんざ、拝みたくなるくらい有りがたい話だぜ」

おどけた仕草で安次郎が胸の前で合掌してみせた。

「せいぜい拝みつづけておくれな。あたしの背から後光が差してるだろう」

お紋は気分を害したらしく、ふん、と顔を背けて水瓶へ向かって歩き去った。

それを見た安次郎が肩を竦めて、

「いけねえ、怒らせてしまった。竹屋五調の売り物の毒舌も、このところ切れが悪くて外れっぱなしだあな」

平手で自分の額を軽く叩いたものだった。

そんな安次郎とお紋のやりとりをおもいだした錬蔵は無意識のうちに微かな笑みを浮かべていた。

「厭ですよ、旦那。思い出し笑いなんかして」

かけられた声に眼を開くと、錬蔵の前に数皿の菜と湯気の立ち上る蜆の味噌汁などがのせられた膳を置いたお紋がいた。

差し向かいに自分の膳を置いたお紋は、お櫃《ひつ》の蓋を開け茶碗に御飯を盛った。

「たんと食べてくださいな」

笑いかけながらお紋が茶碗を錬蔵に手渡した。安次郎は、と錬蔵が視線を走らせると上がり端近くで膳を前に黙々と口を動かしている。どうやら安次郎も、

（お紋が朝餉の支度をしてくれた日は、旦那と差し向かいで食べられるように気遣いしてやろう）

と決めているようだった。

朝餉を食べ終え膳の片付けを始めたお紋が不意に動きを止め、話しかけてきた。

「そうそう。忘れていたけど、溝口の旦那、あれで、なかなか隅に置けないんですよ。あたし、見たんです。女を泣かせてるところを」

「女を泣かせている、というと」

問うた錬蔵にいったん持ち上げた膳を板敷に置いてお紋が、

「別に女がほんとに泣いていたわけじゃないんですよ。ただね、永代寺門前東町の町家の陰の露地でひそひそ話していた様子のふたりを見かけましてね。気になって見ていたら、溝口の旦那が振り切るように飛び出てきて、その後から追いすがるように女

が出てきたんですよ。振り向きもしないで立ち去る溝口の旦那をしばらく女が見送っていましたが、諦めたのか背中を向けて歩きだしましてね」

「つけたのか、女のあとを」

「わけありのような気がしたんでね。女は目と鼻の先の鷺の料理茶屋〈浮月〉へ裏口から入っていきましたのさ。おそらく、あの女は浮月の住み込みの仲居じゃないかと」

突然、横から安次郎が声を上げた。

「お千代だ。旦那、溝口さんと会っていたのは、お千代に決まっている。永代寺門前東町は溝口さんの見廻るところと定められている一帯だ。お千代が会いたい一心で溝口さんを待ち伏せしていたんじゃねえかと」

「そうかもしれぬ」

うなずいた錬蔵にお紋が、

「なんだ、旦那も竹屋の太夫も知っていたのかい」

拍子抜けした口調でつぶやいたものだった。

朝餉の後片付けを終えたお紋が、

「また来ますよ。旦那の食べっぷりからみて竹屋の太夫がろくなもの食べさせてないと気づいたんでね。何たって食い物には気をつけなきゃ、太夫はともかく旦那に躰でも悪くされたら大変ですからね。ほっとくわけにはいきませんよ」

といいながら表戸を開けて出ていった。

「何でえ、人をだしに使って。旦那の顔を見たいから来る、と素直にいやあいいものを。深川女は負けん気が強すぎて可愛くねえ」

うんざりした顔で安次郎がぼやいたとき、いきなり表戸があけられ、お紋が顔をのぞかせた。

「旦那、来たんだよ」

「誰が、来たんでえ」

問いかけた安次郎に、

「お千代って女だよ。いま小者に案内されて同心詰所の方へ歩いていったよ」

応えたお紋に錬蔵が聞いた。

「どんな様子だ」

「手に風呂敷包みを下げていたよ。見たところ数段重ねの重箱のような気がするけどね」

「重箱というと、弁当でも持ってきたんですかね」

首を傾げた安次郎が錬蔵に問うた。

無言で顎を引いた錬蔵が、

「お紋、また顔を出してくれ。つくってくれた朝餉、おいしかったぞ」

と笑いかけた。はっ、と気づいて、

「余計な口出しをしちゃったようだね」

「いや。そういうことではない。南蛮渡来の品が出回っているかどうかの探索を手助けしてもらっているだけでも有りがたいとおもっている。何よりも、お紋、おれはおまえを危ない目にあわせたくないのだ。わかるな」

「旦那」

じっとお紋が錬蔵を見つめた。ややあって、お紋が笑顔をみせた。はっ、とするほど華やかで、艶《あで》やかな笑い顔だった。

「わかったよ、旦那。明日、また来ますよ」

そういうなり表戸を閉めた。

「お紋の奴、ちゃんと念押ししていきやがった。明日も来るそうですよ、旦那」

にやり、として安次郎が錬蔵を見やった。

照れ隠しか、急に真顔になった錬蔵が、うむ、と首を傾げて腕を組んだ。

用部屋で錬蔵は深川の名主から出された届出書に目を通していた。

突然、廊下を走ってくる足音が聞こえた。安次郎に、

「溝口とお千代から眼を離すな」

と命じてあった。

眼を向けると、いきなり戸襖が開けられた。顔を出すなり安次郎が告げた。

「旦那、大変だ。溝口さんが、お千代を牢へ案内していきましたぜ」

「溝口が、お千代を牢につれていった、だと」

牢には捕らえたおざなり横丁に巣くう無頼、傷のある男を閉じこめてあった。

（定吉について聞きだそうとしているのだ。お千代が溝口に頼んだとしかおもえぬ）

そう推断した錬蔵は立ち上がった。

「深川大番屋にかかわりのない者を科人《とがにん》に会わせるわけにはいかぬ」

刀架にかけた大刀に錬蔵は手をのばした。

四章　月影霧杳《つきかげむよう》

一

牢のなかの男は背中を向けて肘枕をして横たわっていた。前に立った溝口がお千代に顔を向けた。

「おざなり横丁の住人が牢に入れられているのなら一目見たい、というから連れてきたのだ。科人《とがにん》は後ろ向きで寝ている。顔はわからぬ。もうよかろう」

そのことばが耳に入らぬように凝然と男を見つめていたお千代が、

「六造《ろくぞう》さん」

とつぶやき牢の格子に手をかけた。身を乗りだして覗《のぞ》き込んだ。

「間違いない。六造さんだ」

声を高めた。溝口が、

「知り人か」

と、問いかけたのと傷のある男が振り向いたのが同時だった。

見やった傷のある男の顔に驚愕《きょうがく》が浮いた。

「おまえさんは」

呻いた男が顔を背けた。お千代の耳には、問うた溝口のことばは入らなかったようにみえた。

「六造さん、なんで、こんなことに」

問いを重ねたお千代に男の声がかかった。

「その男、六造という名か」

声のする方を振り向いたお千代と溝口の眼が出入り口を背に立つ錬蔵の姿を捉《とら》えた。

「溝口、探索にかかわりのない者を牢屋に入れて科人と引き合わせるなど、あってはならぬこと。どういう了見だ」

厳しい錬蔵の問いかけに溝口が、

「それは」

と言いよどんで眼を逸らした。

「あたしが、あたしが頼んだんです。定吉の、弟の知り合いかと、おもったものですから」

ちらり、とお千代を見やった錬蔵が溝口に目線をもどし、

「溝口、まずは、この場から出ていけ。話は後で聞く」

「御支配」

声をあげた溝口を見向きもせず、錬蔵はしたがう安次郎を振り返った。

「これから六造を責めにかける。小者に声をかけ連れてこい。六造に縄をうち、引き据えて拷問部屋へ運び込むのだ」

「わかりやした」

顎を引いた安次郎が小者を呼びに行くべく背中を向けた。

その場に立ち尽くす溝口に錬蔵が告げた。

「何をしている。早く、お千代とやらを連れて出ていかぬか」

顔を背けたまま溝口は錬蔵に応えようとはしなかった。お千代に眼を向けた。

「行くぞ」

そう声をかけ踵《きびす》を返した溝口にお千代がつづいた。去り際にお千代がさりげなく六造に視線を走らせ、視線を受けた六造が、わずかに顔をしかめたのを錬蔵は見逃していなかった。

ふたりが牢屋から出て行ったのを見届けた錬蔵が、ゆっくりと六造を振り返った。

「六造」

考え事でもしていたのか床に視線を落としていた六造が顔を上げた。

「何でえ」

「お千代とは、どこで知り合った」

「定吉に聞きな。もっとも死人に口なしってこともあるがな」

「定吉は、死んでいるのか」

とぼけて問うた錬蔵に、一瞬、慌てた素振りをみせて六造がそっぽを向いて吐き捨てた。

「知らねえよ。若い同心が、おざなり横丁にやってきたんで、そうおもっただけさ」

「そうか。おれはてっきり六造の兄哥《あにい》は、定吉が死んだことを知っているとおもったよ」

薄ら笑いを浮かべて六造がいった。

「さっき拷問部屋へ連れて行く、といっていたが、拷問しても無駄なことだぜ。知らねえことは話せないからな」

「拷問する気はない」

「さっきいったじゃねえか。責めにかける、とよ」

「気が変わったのさ」

「気が変わった、だと」

「さっきお千代が去り際におまえに視線を走らせた。それに気づいておまえは、顔をしかめた。なぜだ。なぜ顔をしかめた」

「そんなことはしていない。何をいってやがるんだ。旦那、夢でも見てたんじゃねえのか」

「そうかもしれぬな」

「いやに素直だな。いい心掛けだぜ、旦那」

にやり、として錬蔵が告げた。

「深川大番屋は人手不足でな。牢屋に牢番をつけられない。それで、時々、不心得者が忍び込んできて口封じのためか取り調べをしているさなかの科人を殺していく」

「何がいいたいんでえ」

「牢屋に入れられている間は自分の身は自分で守ってくれ、というのさ。悪さをしでかしたので引っ捕らえて入牢《じゅろう》させた科人といっても、何者かに殺されて死んでいる姿を見るのは、あまりいい気分のものではない。せいぜい気をつけるんだな」

いうなり錬蔵は六造に背中を向けた。

「待てよ。話があるんだ。待ってくれよ」

立ち上がった六造が格子をつかんで呼びかけた。

振り向きもせずに錬蔵は立ち去っていく。

「くそっ、何てこったい」

苛々しく舌を鳴らして六造は、その場に坐りこんだ。


牢屋から出てきた溝口とお千代を物陰から見張っている男がいた。

「小者を連れてこい」

と錬蔵に下知されたはずの安次郎だった。

牢屋へ向かいながら錬蔵は安次郎に、

「おまえに小者を呼びにいくよう一芝居うつ。外で溝口とお千代が出てくるのを待て。お千代が深川大番屋から出ていくまで、ふたりから眼を離すな」

と命じていた。

ふたりは、まっすぐ同心詰所に向かって歩いていく。見え隠れにつけていった安次郎は、慌てて物陰に身を隠した。溝口とお千代が、いきなり足を止めたからだ。ふたりは、さりげなく建家の外壁に貼り付くように身を寄せた。何やら様子をうかがっている。安次郎はふたりの視線の先を見やった。

同心詰所の表戸の脇で八木周助が女と話をしている。出で立ちからみて、武家の妻女らしかった。首を傾げて腕を組んだ八木に向かって武家の妻女が顔を覗き込むようにして何事か訴えている。困惑したような八木に女が何事かまくしたてていた。話し終えた妻女は、頭を下げ背中を向けた。手をのばして呼び止めるような仕草をした八木は諦めたのか、肩を落としてその場に立ち尽くしている。武家の妻女は表門へ向かって歩いていった。一度も後ろを振り返ることはなかった。

遠ざかる妻女を、しばし見送っていた八木は、遠目でもわかるほどの大きな溜息をついた。しょげきった様子で八木は同心詰所の表戸に手をかけた。

その姿がなかへ消え去ったのを見届けた溝口とお千代は同心詰所へ向かって歩きだした。物陰から出てきた安次郎も同心詰所へ向かって歩をすすめた。

板敷の間の上がり端に腰をかけ腕組みをして、八木は何やら思案している。暗い顔で首を傾げては溜息をついているところをみると、八木の手には余る心配事とおもえた。見廻りに出たのか松倉孫兵衛や小幡欣作、その下っ引きたちの姿は見えなかった。溝口や八木の手先たちもいないところをみると、指図にしたがい先発して見廻りに出かけたのかもしれない。

同心詰所に入ってきた溝口は足を止めて八木を見つめた。うつむいたままの八木が気にかかったのか歩み寄った。お千代もつづく。

傍らに立った溝口が小声で話しかけた。

「どうした、八木。お内儀が来ていたようだが何があったのだ」

顔を上げた八木が唐突にいった。

「溝口、頼みがある」

縋《すが》りつくような眼差しだった。

「頼み？　おれにできることか」

「十両貸してくれ。三日後に必要なのだ」

「十両、そんな大金、三日後までに用意できるはずがない。いったい、何に使うのだ」

「妻が、嫡男《ちゃくなん》の伸太郎《しんたろう》を学塾に入れたい、と言うのだ。おれに内緒で入塾の段取りをつけたらしい。実家に入塾にかかる金子《きんす》を借りるつもりだったが体よく断られたそうだ」

「それで日頃は、おぬしをほったらかしにしているお内儀が、にわかに出向いてきたのか。学塾は旗本の子弟が学ぶ、金がかかると評判の私塾だ。高望みが過ぎるではないのか」

「おれはそういうのだが、妻は『出世の糸口となるはず。どうしても学塾に入れたい。伸太郎を町奉行所の同心にはさせたくない』というのだ」

「お内儀の実家は五百石取りの直参旗本だったな」

「どうも、な。何かにつけて旗本の家柄を鼻にかけて高飛車《たかびしや》に出てくる扱いにくい女だ。学塾で学んだとしても出世など望めるはずがないのだ」

「十両か。どうにかしてやりたいが、おれも、そう豊かな懐具合ではない」

うむ、と溝口が首を傾げたとき、後ろから声がかかった。

「その十両、用立ててもらえるかもしれません。当てがあります」

振り返って溝口が、

「お千代、つまらぬことをいうな」

「いいえ。たしかな筋があるのです」

「ほんとうか」

立ち上がった八木が、つづけた。

「是非、話をつないでほしい。借りた金は必ず返す」

小さく頭を下げた。

「お千代、たしかな筋とは誰だ」

「料理茶屋〈浮月〉のご主人さま」

意味ありげにお千代が微笑んだ。

「そうか。宗三郎なら、そのくらいの金子、わけもあるまいか」

「今夜にでも溝口さんと一緒に浮月においでください。それまでに話をつけておきます」

「ありがたい。必ず行く。溝口、同道してくれるな」

拝み倒さんばかりの目つきで八木が見やった。

「わかった。つきあおう」

応えた溝口が眼を向けた。

「お千代、おれに恥をかかせるなよ」

「まかせといてください。ご主人は気っ風のいいお方、あたしの頼みは聞いてくださいます。こう見えても、あたしは浮月の仲居頭、それなりの働きはしています」

笑みを含んでお千代が応えた。

二

「お千代が帰っていきました」

用部屋へもどってきた安次郎が錬蔵に告げた。

「変わったことはなかったな」

念押しした錬蔵に安次郎が、

「あっしは同心詰所の外で様子をうかがっていたので、なかで何を話していたかわかりません」

用もないのに詰所のなかに入っていくことは無理だろう、と錬蔵はおもった。

しきりに首を捻っていた安次郎が、ぽん、と拳《こぶし》で軽く一方の掌を打った。

「どうした？」

問うた錬蔵に安次郎が、

「同心詰所の前で八木さんがお侍のお内儀風の女と深刻な顔つきで何やら話をしていましてね。年格好からいって、あの女、八木さんのお内儀じゃねえかとおもうんですが」

「八木の妻女が来ていたというのか」

「お内儀かどうか、はっきりとはわかりません。あっしは八木さんのお内儀の顔を見たことがねえんで」

「おれも、そうだ。八木の妻女だけではない。松倉にも妻女や子供たちがいるはずだ。小幡も溝口も含めて、それぞれの家のなかのことは、よく知らぬ」

そういって錬蔵は黙り込んだ。配下とは任務だけでつながっているに過ぎない。そのことをあらためて思いしらされたような気がしたからだ。

「深刻な顔をしていた、といったな」

問うた錬蔵に安次郎が、

「ふたりとも、そりゃ、これ以上ないほど難しい顔をしてましたぜ。一悶着あったような気がしますね、あの様子じゃ」

「留守宅で何か起こったのかもしれぬな」

つぶやいて錬蔵が口を噤《つぐ》んだ。大番屋支配として錬蔵が深川の地に赴いてきてから、妻女が八木を訪ねてきたことは一度もなかった。

（おそらく夫婦の仲は冷え切っているのだろう）

と錬蔵は推測していた。松倉は妻と年頃の娘と弟にあたる嫡男を、溝口は弟を、小幡は年老いた母と妹を八丁堀の留守宅に残している、と深川大番屋に蔵してある届出書に記してあった。いま振り返ってみると同心たちの家累が深川大番屋にやって来たことはなかった。

（おもいあう気持が少ないのであろう）

そう推し量った瞬間、錬蔵は、おのれのこころにずしりと重いものがのしかかったような気がした。無意識のうちに大きく息を吐きだしていた。

（八木の手に余れば、おれに話をもちかけてくるはず）

とのおもいがある。が、一方で、

（おれと八木の関わりは必ずしも、すんなりいっているとはいえない。そうなると誰を頼りにするか）

不意に錬蔵の脳裏に浮かんだ顔があった。

（溝口か）

眼を向けて錬蔵が問いかけた。

「お千代が帰ったのは八木の妻女が大番屋を出てから何刻ほど後のことだ」

「小半刻（三十分）ちょっと、といったところでしょうか」

「小半刻、だと」

同心である溝口を動かして牢屋までのぞいたお千代が引き上げるには、少し早すぎる気がした。錬蔵は頭のなかで八木が溝口に何事か頼み込む間を計ってみた。その間に、お千代と溝口が六造や錬蔵に追い出された経緯について、くどくどと話し合う間を加えてみる。少なくとも半刻（一時間）はかかるような気がした。お千代は六造から定吉について何事か聞き出したかったはずなのだ。直接、六造に聞きたかったことを溝口を通して聞き出す。それが、どんな中身か溝口に告げるには、それなりの刻《とき》が必要なはずだった。

（同心詰所にもどってから、お千代が引き上げるまでの間が短すぎる）

そう錬蔵は推考した。

目線を注いで話しかけた。

「安次郎、すまぬが、これから八丁堀へ出向いて、訪ねてきた女が八木の妻女かどうか確かめてきてくれぬか。心得ているとおもうが八木の妻女に顔あらために来たことをくれぐれもさとられぬようにな」

「何か気がかりなことでも」

「老婆心《ろうばしん》というやつだ。とくに何が気になる、ということではないのだが」

いつになく歯切れが悪い錬蔵の口振りだった。

「どんな暮らしぶりか聞き込んできやしょうか」

「やめておけ。いやしくも八丁堀は南、北両町奉行所に勤める役人たちの住み暮らすところだ。他所《よそ》より聞き込みなどの探索事には敏感なところだ」

「深川大番屋の名を出して直接、八木さんの屋敷を訪ねるのも悪くない手だとおもいやすが。旦那さえよろしけりゃ、『留守にしているさなかの部下の家累の暮らしぶりが気になった御支配から、それとなく様子を見てこい、と命じられた。何かと不自由はありませぬか』と理由をつけて堂々と訪ねていくのが一番いい手じゃねえかと」

「おれの名を出しても一向にかまわぬが、その手を使うと八木の屋敷だけではなく、もうひとり、松倉あたりの屋敷もおとずれねばなるまいな。手間がひとつ増えることになるぞ」

「かまやしません。どうせ立ち話をして帰ってくるだけですから、余分な間は小半刻もかからねえでしょうよ」

「安次郎のいうとおり屋敷を訪ねるのが、一番たしかな顔あらための手かもしれぬ。八丁堀の絵図が違え棚に置いた木箱に納めてある。見つけ出して持っていくがよい」

「そうさせてもらいやす」

立ち上がった安次郎が壁際の違え棚に歩み寄った。

用部屋での仕事を終えた錬蔵は前原の長屋へ向かった。浅手とはいえ傷を負っている。前原の容体が気になっていた。

長屋の前で前原のふたりの子供、佐知《さち》と俊作《しゅんさく》の姉弟《きょうだい》がお手玉をして遊んでいる。佐知が俊作にお手玉の手ほどきをしているようだった。佐知が手本をみせる。その仕草を真似《まね》て俊作も始めるのだが、なかなかうまくいかない。投げ上げた袋をうまく受け止められずに、すぐ取り落としてしまう。諦めずに何度も挑む俊作の、口を尖《とが》らせた、ひょっとこに似た顔つきが可愛くて錬蔵は、おもわず足を止めて眺めたものだった。

前原の長屋の表戸が開けられ、なかからお俊《しゅん》に送られた村居幸庵が出てきた。往診に来ていたらしい。

気づいた錬蔵は村居幸庵に声をかけた。

「先生、いらしていたのですか」

顔を向けた村居が、

「これから用部屋へ向かおう、とおもっていたところです。やっぱり話しておいたほうがいいのではないか、とおもったので」

近づいた錬蔵が問うた。

「前原の容体が気になって来たのですが。他にも話があるようですな」

「立ち話でけっこう。この場ですませましょう」

振り返って村居幸庵が告げた。

「お俊さんは怪我人のところにもどって寝返りをうたせてやってくだされ。傷口は脇腹、乱暴に動けば開く恐れがある。明日になればひとりで家の中は動けるようになろうが、いまは手伝いが必要だ」

「わかりました」

ちらり、と錬蔵に視線を走らせお俊が長屋のなかへ消えた。

お俊はもとは女掏摸《すり》だった。掏《す》った財布が因《もと》で命を狙われていたところを錬蔵に救われた。それが縁で深川鞘番所に住みつくことになった、深川生まれの深川育ち、生粋の深川っ女《こ》であった。錬蔵に恋心を抱き、

〈しょせん叶《かな》わぬおもい〉

と知りながらも、

〈諦められぬのなら最後まで張り合うのが深川の女〉

とお紋と錬蔵をめぐって、

〈恋の鞘当て〉

を競っている。

物問いたげな視線を錬蔵に向けたところをみるとお俊は、

〈そろそろ、あたしに探索を手伝わせてくださいな〉

と申し入れたいのかもしれない。

「季節柄、寒いなかでの立ち話もなりますまい。むさいところですが私の長屋で話しませぬか」

と声をかけた錬蔵に、村居幸庵が、

「それでは、おことばに甘えますかな」

と応じた。

「そうですか。前原の回復はおもった以上に順調ですか」

「日頃から鍛え抜いた躰、傷も浅いし、三日もすれば外を歩けるようになりましょう」

応えた村居幸庵が錬蔵に微笑んだ。

長屋の、いつも使っている座敷で錬蔵と村居幸庵は向き合っている。

「お話とは、どんなことですかな」

聞いた錬蔵に村居幸庵が、

「実は定吉の死因ですが」

「心ノ臓が弱かったのでは、と村居先生が仰有《おつしや》っていたと安次郎から復申を受けましたが」

「いいました。なぜ弱ったのか、私なりに調べてみました。長崎の出島で蘭方を学んだ医者がおりましてな。訪ねて教えを乞いました」

そこで村居幸庵はことばを切った。錬蔵が目線でつづきをうながす。

「定吉はみるからに強健な躰をしていました。が、心ノ臓は弱っていた」

「強健な体軀の持ち主が心ノ臓が弱る因が見つかった、というわけですな」

「左様。ある薬の作用で弱ることがある、ということがわかったのですよ」

「その薬、とは」

「それが、いやはや、困ったことに我が国では手に入らない代物でしてな」

「我が国では、手に入らない薬、というと南蛮渡来の品。そういうことですな」

「抜け荷ででも運びこまれぬかぎり手に入らぬ薬。使いようで毒にもなる薬でしてな。我が国では阿片《あへん》といわれております」

「阿片、ですと。まさしく南蛮渡来の、抜け荷でしか手に入らぬ品」

「ご存じだとおもうが阿片は常用すれば中毒になり気力がなくなって躰も次第に弱っていく代物です。あげくの果てに幻聴幻覚を覚えるようになり廃人となる恐ろしい薬。その阿片を使う分量を間違えて、一度に決められた以上のむと一時的に心ノ臓の働きに異常をきたすことがあるのですよ」

「定吉は阿片をのんでいたのではないか、と見立てられるのですな」

「そうです」

「定吉は阿片を手に入れることが出来るところにいた。そう推量できませぬか」

「それについては医者の私にはわかりませぬ。それを調べられるのは捕物上手と評判の高い深川大番屋支配、大滝錬蔵様でございます」

「如何様《いかさま》。まさしくおことばの通り、探索が務めのものが尋ねることではありませんでしたな。いい話を聞かせていただいた。抜け荷がからむ阿片のこと、とことん調べ尽くす所存。この世にはびこる害悪、決して見逃すものではございませぬ」

　錬蔵は不敵な笑みを浮かべた。

三

いつも以上に深川大番屋の人手は足りなかった。前原は負傷して三日は自由に動けぬ、と村居幸庵がいっていた。溝口は当てにできなかった。八木は、成り行き次第では溝口同様、員数から外さざるを得なくなるかもしれない。

河水楼の帳場の奥の、藤右衛門の使っている座敷に錬蔵はいる。覚悟はしていたが前触れもなしにいったせいか、藤右衛門は永代寺門前東仲町にある別の見世へ出かけていて留守だった。さっき政吉が藤右衛門を迎えにいった。永代寺門前東仲町まではさほどの距離ではない。小半刻（三十分）ほどで藤右衛門はもどってくるはずであった。

一人座した錬蔵のなかで、さまざまな思案が駆けめぐっていた。それらの思案が、堂々巡りの末、辿りつく事柄があった。

（お千代の身辺を調べるべきかもしれぬ）

どこが怪しい、というわけではない。気になるのは一点だけ、お千代の目つきであった。

（つねに何かを探る眼をしている）

生い立ちから来るものかもしれなかった。

が、錬蔵の勘が、

（何かある）

と告げていた。長年の探索で培《つちか》ってきた勘働きで、事件を何件も解決してきたとの自信が錬蔵にはある。

（誰にお千代を調べさせるか）

思案した錬蔵の脳裏に唐突に浮かんだ顔があった。

（お俊に動いてもらうか）

女掏摸だったお俊である。かつての掏摸仲間から、お千代について、おもいがけぬ話が聞き込めるかもしれない。

（藤右衛門の好意にすがることになるが、政吉と富造を助っ人として借り受けねばなるまい）

話がうまくいくとは限らなかった。先だって藤右衛門と話したときとは事情が変わっている。おざなり横丁と事を構え、兄貴分の六造を捕らえて深川大番屋の牢に閉じこめてある。藤右衛門は、

「おざなり横丁とは事をかまえぬ」

といっていた。六造を入牢させていることを藤右衛門がどうみるか、錬蔵には予測もつかなかった。

ほどなくして、

「ただ今もどりました。入りますよ」

声をかけた藤右衛門が戸襖を開けて入ってきた。錬蔵と向き合って坐るなり、いった。

「そろそろおいでになる頃かとおもっておりました」

「藤右衛門に話しておかねばならぬことができてな。実は、おざなり横丁の六造なる無頼を引っ捕らえて牢に入れてある」

「存じております。以前、申し上げたはず。河水の藤右衛門は深川中に噂を拾うための網の目をめぐらしておりますと」

「そうであったな。おざなり横丁に手は出さぬつもりでいたが、そうはいかぬ仕儀に至った」

「それをいいに来られたのなら無用のことでございます」

「無用のこと、とな」

「政吉から聞いた話では、大滝さまが六造を捕らえたは、おざなり横丁そばの十五間川の土手だということ。しかも六造たちはおざなり横丁から出てきて襲撃を仕掛けたときいております。六造たちの無法に目をつぶるはおざなり横丁のなかだけのことでございます」

口を挟むことなく錬蔵は聞き入っている。藤右衛門がつづけた。

「安次郎から頼まれて、政吉たちが『最近、南蛮渡来の品を客からもらわなかったか』と河水楼や他の見世に出入りする芸者衆や男芸者たちに片っ端から聞いてみました」

「もらっていたのだな、かなりの数の芸者たちが」

「三十人ほど。しかも、三ヶ月ほどの間のことでございますよ」

「三十人も、いたのか」

さすが河水の藤右衛門であった。深川に南蛮渡来の品がどれほど出回っているか、わずかな日数で推考のもととするには十分なほどの数を調べあげていた。

「もらった品もあらためました。品物を芸者にやった客の名も聞いてあります。この数は氷山の一角。虱潰《しらみ》しに芸者や遊女たちにあたっていけば出回っている南蛮渡来の品はわかっている数の数倍、いや、もっと多いかもしれませぬ」

「数倍としても百以上の南蛮渡来の品が深川に出回っていることになる。おそらく江戸府内の他の遊里も合わせると、数はもっと増えるだろう」

うむ、と錬蔵が唸った。ことばを重ねた。

「抜け荷だ。抜け荷でもしなければ、わずか三ヶ月ほどの間にこれほどの数の南蛮渡来の品が出回るはずがない。抜け荷の取引は、すでに何度も行われているに相違ない」

「実は、気がかりなことがあります」

「おざなり横丁にかかわることか」

「いま二組の無頼どもがおざなり横丁を支配下におさめるべく争っております」

「六造は、一方の兄貴分ということだな」

「そうです。いままでの頭《かしら》に敵対する方の兄貴分のひとり、ということで。ただし、奇妙なことに、六造の頭の顔を見た者がいない、というのです」

「六造の頭の顔を見た者がいないだと。どういうことだ」

「六造たちも一年ほど前、おざなり横丁に流れ込んできた、ということでして。まさに、ここ十年ほどおざなり横丁を仕切ってきた連中と入り込んできた新たな無頼たちとの争い、ということになりましょうか」

「六造たちは、顔もみせない頭の指図をどうやって受けるのだ」

「裏をとっておりませぬから、たしかなこととはいいきれませぬが、六造と同格の兄貴分が三人いて、三人のうちのひとりがいずこかへ舟で出向いて頭の指図を受けてくるようだ、と聞いておりますが」

じっと藤右衛門を見つめて錬蔵が問うた。

「藤右衛門は昔から頭を務めていた無頼とは付き合いがあるようだな」

「日頃から付き合いを持っておかねば、いざというとき、役に立ってもらえませぬ。けいいどうのときにおざなり横丁に働いてもらえるのも、それなりの付き合いがあるからでございます。それが商いというもの」

「しかし、力を二分する新たな一味の頭とは付き合いはない。それどころか、どこの誰かもわからぬ。そういうことだな」

「実は、昨晩、もともと、おざなり横丁を差配していた頭から呼び出しをうけましてな。待ち合わせた河岸に行きましたところ一艘の屋形船が近づいてきました。私の前に接岸した屋形船の船頭が手招きいたします。みると顔見知りのおざなり横丁の男でして」

「その屋形船に頭が乗っていたのだな」

「頭ともうひとり、乗っておりました」

「もうひとり？　誰だ」

「彼岸《ひがん》横丁はご存じで」

「二度と浮世にもどってこられぬ者たちが棲み着く、あの世と似たところという意味をこめて名づけられた、おざなり横丁と同様に法度《はっと》の力が及ばぬ、殺し、盗みなんでもありの一角だと承知しているが」

「その彼岸横丁の頭が、屋形船のもうひとりの乗客で」

刹那《せつな》……。

錬蔵の眉がひそめられた。かつて藤右衛門が見たことのない錬蔵の険しい顔つきだった。

が、次の瞬間、いつもの錬蔵の面差しにもどっていた。

「おざなり横丁と彼岸横丁を仕切る頭がふたり雁首《がんくび》を揃えたというのか。異変でも生じたとみえるな」

「三月ほど前、彼岸横丁に、おざなり横丁に居着いた無頼どもと同様の男たち十数人が乗り込んできたそうで。それも次第に数を増して、三十人近くにも達しているとのこと、いまでは彼岸横丁もおざなり横丁と似たような有り様だそうで」

「二組が縄張り争いをしているというのか」

「左様で」

「まさか新しく乗り込んできた無頼どもの頭の顔を彼岸横丁の誰も見たことがない、というのではあるまいな」

「その、まさかでございます。姿を現すときは頭巾で顔を隠している、というのもおざなり横丁と同じで」

「それでは同じ者がおざなり横丁と彼岸横丁を縄張りにしようと画策しているというのか」

「御推察の通りです」

「ほかの無法の一角にも、手をのばしているかもしれぬな、その頭巾をかぶった頭は」

「何ともいえませぬ。ただ、その男がおざなり横丁と彼岸横丁を仕切る頭になったときには、深川の岡場所で商いをする私どもは、対処する術《すべ》を探らねばなりませぬ。けいどうのときの女たちの逃がし代など、法外なものを要求されるかもしれませぬ」

「岡場所とおざなり横丁などの無法者が棲み暮らす一角とのかかわりが崩れる。つまるところ、いま保たれている深川の安穏《あんのん》が失われる恐れがある。そういうことだな」

姿勢をただして藤右衛門がいった。

「頭巾の男がおざなり横丁の頭となり、深川の一角を縄張りとするやくざの一家と手を組めば、さらに厄介なことになります。いまのうちに手を打たねばなりませぬ。河水の藤右衛門、大滝さまにお縋りするしか術はございませぬ」

「おざなり横丁に探索の手を入れてもよい、というのか」

「いまは、それが最良の策かと」

「頭巾の男の手下たちだけを取り締まるわけにはいかぬぞ」

「承知の上でございます」

「藤右衛門、おれが手入れをする前に付き合いのある頭と手下たちを逃がすつもりだろう」

無言で藤右衛門がゆっくりと顎を引いた。

「それは、出来ぬ」

言い切った錬蔵に藤右衛門が、

「そう仰有るとおもっておりました。ならば第二のお願いをいたしとうございます」

「第二の願い、とは」

「不肖、河水の藤右衛門はもちろんのこと、政吉、富造など率いる男衆のすべてを大滝さまの手先に加えていただけませぬか。深川のいまの安穏を守るためには、藤右衛門、大滝さまのいかなる指図にもしたがいまする」

「藤右衛門」

「この通りでございます」

畳に両手をついて藤右衛門が深々と頭を下げた。

膝行《しっこう》した錬蔵が藤右衛門の手を取った。

「頭を上げてくれ。願ってもないこと。頭を下げねばならぬのは、おれの方だ。まずは政吉と富造を、本日、ただ今から使わせてもらう」

坐り直した錬蔵に姿勢をもどした藤右衛門が告げた。

「近くに政吉と富造を控えさせております」

戸襖の向こうに向かって藤右衛門が二度、手を叩いた。

戸襖が左右から開けられた。政吉と富造が神妙な顔つきで座していた。

顔を向けて錬蔵が告げた。

「政吉、富造、容赦なく使うが辛抱してくれ。おれの手先として存分に働いてもらうぞ」

眼光鋭く政吉と富造が顎を引いた。

四

夕刻、溝口と八木は連れだって深川大番屋を出た。その後を見え隠れについていく男がいた。政吉であった。

「溝口と八木が出かけるかもしれぬ。まずはふたりの後をつけてくれ」

と錬蔵から命じられていた。

「ふたり一緒に出かけたときは、政吉ひとりで尾行しろ。富造は鶩《あひる》の料理茶屋〈浮月〉に向かい、浮月に出入りする客について、聞き込みをかけてくれ」

ともいわれている。

鞘番所の表門をのぞめる新大橋のたもと近くにある水茶屋で政吉と富造は張り込んでいたのだった。

河水楼でふたりは錬蔵と別れていた。錬蔵は藤右衛門から、

「もう少しいかがですかな。話し足りぬこともあるので」

と引き留められ、居残っていた。

二階の座敷に錬蔵を通した藤右衛門は、

「会わせたい者もいるので手配がつくまで暫時《ざんじ》、お待ちください。待ち人が来るまでの間、お紋を呼び相手をさせます。『大滝さまが河水楼へ足を運ばれたときは声をかけてほしい。万端やりくりして駆けつけるから。もし呼んでくれなければ恨みますよ』と一睨みされましてな。男衆をさっき走らせたので、お紋はまもなく着くとおもいます。もっとも女のこと、身支度にどれほどの刻《とき》がかかるか、見当もつきませぬが」

帰り際にお紋の住まいを訪ねようとおもっていた錬蔵には渡りに船の話だった。お紋は小染という芸者が客からもらった、という髪飾りを今朝方、鞘番所へ持ってきてくれた。

そのとき、お紋は、

「客」

としかいわなかったが、

（ひょっとしたら渡した客の名を小染から聞いているかもしれない）

と推測したからだった。

沙魚《はぜ》の佃煮と香の物と徳利、猪口《ちょこ》が置かれた高足膳が運ばれてきた。藤右衛門は、錬蔵に会わせたい相手に手渡す封書を書くために帳場の奥の一間にもどっていた。それを男衆に先にもたせるらしい。

座敷には錬蔵が、ひとり座している。

さっき藤右衛門から聞かされた、おざなり横丁と彼岸横丁の無頼たちの縄張り争いの話が気にかかっていた。けいどうのとき、遊女たちを逃がす一味に無頼たちがからんでいるのは明らかだった。

(やはり逃がし屋が抜け荷にからんでいるのだ)

嵐の夜に難破したとおもわれる舟は抜け荷の品の引き渡しに海へ出たに違いない。

思案を深めていくと、

(定吉は抜け荷の一味)

ということになる。

(どこで抜け荷の品を受け渡すつもりだったのだろう)

思索の淵に錬蔵は次第に沈み込んでいった。

定吉ひとりで沖へ漕ぎ出たはずがない。

(荷の積み込みなどのために少なくとも、もうひとりは舟に乗っていた)

それが錬蔵の推測であった。

（舟を漕いでいくのだ。あまり遠くへはいけまい）

さらに沈思した錬蔵のなかで弾《はじ》けるものがあった。

（嵐の夜前後に江戸湾に停泊していた千石船、五百石船のいずれかに抜け荷の品が積み込まれていたのだ）

まさに青天の霹靂《へきれき》といえた。

（船手方へ出向けば江戸湾に停泊していた廻船のための千石船、五百石船の船名がわかるだろう）

嵐に備えて、それらの船は、何処《どこ》かへ避難したはずだった。繋留《けいりゅう》されたのは荒波を避けることのできる湾内の岬か島の陰ということになる。

（嵐を避けた船が停泊している場所によっては小舟で近づけないこともない）

そう錬蔵は推し量った。

（藤右衛門との話が済み次第、刻限によっては今夜、深更になったら明早朝、船手方へ出向く）

と錬蔵は決めた。

そのとき、

「旦那、あたしですよ」

と戸障子の向こうからお紋の声がかかった。

「入ってくれ」

応えた錬蔵の言葉が終わるのを待ちきれなかったかのように戸障子が開かれた。

「急な呼び出しなんで、びっくりしましたよ。急いで支度したんで、上手に化粧が仕上がらなくて」

嫣然《えんぜん》と微笑んだお紋は座敷に入って戸障子をしめた。当然のように錬蔵の横に坐り、徳利を手にした。

「まずはお酌をさせてくださいな」

膳の上の猪口を一方の手で持ち、錬蔵の手に持たせせた。

「酌は受ける。が、酒は呑めぬ。これから会わねばならぬ相手がいるのだ」

猪口に酒を注いだお紋が、

「ちょっとだけ口をつけてくださいな。唇をつけるだけでよござんすから」

甘えたような流し目を錬蔵にくれた。錬蔵が、はっ、としたほどの、妖しげな、艶《つや》っぽい目つきだった。

さりげなく視線をそらした錬蔵が一口だけ酒を含んだ。

その猪口を手首をからませるようにして錬蔵の手から受け取ったお紋が、今一度、

鎌蔵に艶やかな眼差しを向けて、

「ご相伴《しょうばん》」

と鎌蔵が口をつけたあたりに自分の唇をあて、猪口の酒をぐい、と一気に呑み干した。呑み干して、しなだれかかるようにして上目づかいに鎌蔵を見やった。猪口にお紋の口紅の跡がうっすらと付いている。

なすがままにされていた鎌蔵が、じっとお紋を見つめた。生真面目な顔つきだった。

「実はお紋、聞きたいことがあるのだ」

その瞬間……。

ふん、と小さく鼻を鳴らしてお紋が寄り添っていた躰を離した。坐り直して、いった。

「何です、聞きたいことって」

おもいっきり突《つ》っ慳貪《けんどん》な口調だった。あきらかに気分を害していた。

「小染に髪飾りをやった客の名を聞いてはおらぬか、とおもってな」

問いかけた鎌蔵に、

「あら、あたし、いいませんでしたか」

小首を傾げてお紋が応えた。

「どうやら知っているようだな」

「いけない」

と小さくいい、首を竦《すく》めたお紋が、

「あたし、いったつもりでいましたよ。ほんとに、どうしようもない、困っちまう」

微笑んだ錬蔵が、

「教えてくれ、その客の名を」

「喜浦屋さん。長崎町に店を構える、ここ数年で急に商いを広げてきて大店《おおだな》の仲間入りした廻船問屋ですよ」

「廻船問屋の喜浦屋だと」

刹那……。

（つながった）

と錬蔵はおもった。廻船問屋なら持ち船で、どこへでも出向いていける。長崎の出島近くの無人島などで抜け荷の取引をすることなど何の造作もないことのようにおもわれた。

が、一方で、

（抜け荷にかかわる張本人が南蛮渡来の品を芸者にやるなど、あるはずがない）

との疑念が頭をもたげてくる。

（あまりにも大っぴらすぎる）

とおもうのだ。

（物事を、すぐ決めつけようとするのは溝口や小幡らの読めぬ動きに動揺し、焦りが生じているせいかもしれぬ。平常心を保たねば）

そう錬蔵が思い直したとき、声がかかった。

「どうしたんですよ。いきなり怖い顔して。何か気にさわること、いいましたっけ」

目を向けると、心配そうな顔つきでお紋が錬蔵の顔をのぞきこんでいる。

「いや、何でもない。小染が髪飾りをもらった相手が大店の主人と聞いて、予想もしてなかったので、ただ驚いたのだ」

笑みを含んで応えた錬蔵に、

「安心した。旦那の機嫌を損じたかと、ほんとに心配しましたよ」

安堵したようにお紋が笑いかけた。

座敷にお紋が顔を出してから小半刻ほどして、

「大滝さま、支度ができました。近くまでご足労願いたいのですが」

廊下から藤右衛門の声がかかった。

「承知した」

応えた錬蔵の声を待って戸障子が開かれた。顔を向けて藤右衛門が微笑みかけた。

「お紋、来てもらったばかりですまぬが大滝さまを連れていくぞ。引き離す無粋な役割、演じるのは気が重いがな」

嫣然と笑ってお紋が応えた。

「深川鞘番所へは自由に出入りできる身。会いたくなったら、夜討ち朝駆け、鞘番所へ駆け込むだけのこと。遠慮なくお連れくださいましな」

「さすがに深川で三本の指に入る芸者。河水の藤右衛門、返すことばに一本やられた。恐れいりました」

苦笑いを浮かべて藤右衛門がいった。

案内にたつ藤右衛門と河水楼を出た錬蔵は仙台堀へ向かった。

すでに陽は落ちていた。建ち並ぶ茶屋には灯《とも》りが点り、華やかさを競っている。早々と遊所にやって来た男たちが見世をのぞきこみながら、ぶらりぶらりと通りを歩いていく。

仙台堀の岸辺に一艘の屋形船が横付けされていた。屋形船の障子窓は閉ざされて、なかをうかがうことはできなかった。船頭が、

（河水）

と襟《えり》に文字が白抜きされた印半纏《しるしばんてん》を着ているところをみると、この船は河水楼の持ち船なのだろう。

大店の主人とみえる値の張りそうな総絹の羽織、小袖を身にまとった赤ら顔の四十代半ば、五十がらみの男たちを乗せた猪牙舟《ちよき》が先を争うようにして岸に漕ぎ寄せてくる。接岸された猪牙舟から下りる男たちを待っていたのか、男衆や仲居が愛想笑いを浮かべて出迎えていた。

深川の遊里が眠りから覚めて動き出す頃合いであった。

屋形船に乗り込んだ錬蔵と藤右衛門を五十そこそことみえる、ひとりの男が待っていた。

男と向き合って坐った錬蔵の脇に藤右衛門が控えた。藤右衛門が口を切った。

「おざなり横丁の頭の浜吉《はまきち》でございます。お見知りおきください」

「浜吉でございます」

深々と頭を下げるのへ、

「深川大番屋支配、大滝錬蔵です」

ちらり、と藤右衛門へ眼をやった浜吉が錬蔵に顔をもどした。

「河水の親方から、大滝さまがお聞きになりたいことには包み隠さず応えるようにいわれております」

横から藤右衛門が告げた。

「浜吉が頭になって十年。この間、おざなり横丁の無頼どもが横丁から出て悪さをしたことは一度もありませぬ。それがこの頃では、乗り込んできた奴らが三十三間堂町の局見世へ足を伸ばして何かと騒ぎを起こしております。深川には暗黙のうちに守られて来た掟《おきて》に似たもの、外してはならない筋道がありました。それが、いま崩れかかっております」

黙然《もくねん》と錬蔵は話に聞き入っている。

身を乗りだして浜吉が、

「六造を捕らえられたと河水の親方から聞きましたが」

「深川大番屋の牢に入れてある」

応えた錬蔵に浜吉が、

「六造は残影《ざんえい》の野郎の手下で、三人いる兄貴分のひとりで」

「残影、とは」

「現れるときは小袖を着流し長脇差を一本、腰に帯びて黒の強盗頭巾で顔を隠している六造たちの頭で。六造たちはその男を〈残影の頭〉と呼んでおります」

「残影の頭、か」

独り言のような錬蔵のつぶやきだった。浜吉が怒りを満面に溢れさせて訴えた。

「残影は、強《つえ》え。かなり、やっとうの修行を積んだに違《ちげ》えねえ。一太刀で手下たちを斬り殺してしまう。残影にかかっちゃ何人一緒にかかってもひとたまりもねえ。いまじゃ残影が出てきたら皆、こそこそと尻に帆を掛けて身を隠す場所を探しはじめる始末だ。意気地がねえことに、頭のおれも似たようなものだ。このままじゃ、あと一月、持つかどうか」

膝に置いた手を浜吉が握りしめた。

「彼岸横丁も似たような有り様か」

問うた錬蔵に浜吉が応えた。

「まだ、おざなり横丁ほどじゃございませんが、いずれ、似たようなことになりやしょう」

「おざなり横丁に彼岸横丁、次に狙うは三十三間堂町の岡場所の局見世か」

つぶやいて錬蔵が眼を細めた。どこを見つめているかわからぬ半眼の仏像に似た錬蔵の顔貌であった。

しばしの沈黙があった。

眼を見開いて錬蔵が浜吉を見据えた。

「おれに手下たちの人別を差し出せ」

「それは、どういうことで」

助けを求めるように浜吉が藤右衛門を見た。

「頭と手下たちを守ってあげよう、と仰有っているのさ、大滝さまは」

「それじゃ、大滝さまは」

じっと錬蔵を見つめた浜吉に、

「おれは深川大番屋支配だ。無宿者は引っ捕らえねばならぬ。やくざ一家の子分たちのなかには公の人別帳から外れた者たちも多数いる。が、親分が町役人に子分たちについて記した書付の綴りを出すことで、暗黙のうちにその町に住まうことが認められる。おざなり横丁の浜吉を頭とする一味はおれが支配役をつとめる限り深川大番屋で、無宿ではない、と認められた一群になる」

「それでは大滝さまは、おれたちを無宿者扱いせぬと仰有るので」

「男だけではない。女たちの人別もできうる限り調べて届け出るのだ。ただし、おれがあずかる人別は、おざなり横丁だけで通用するもの。おざなり横丁から一歩外へでたら、爪の垢《あか》ほどの悪さもならぬ。そのときは無宿者として取り締まることになる」

「願ってもないこと。言いつけどおりにいたします」

深々と浜吉が頭を下げた。藤右衛門は座したまま口をはさむ気はないようにみえた。錬蔵がつづけた。

「聞いてもらわねばならぬことが二、三ある」

「お聞かせくださいまし」

必死さを漲《みなぎ》らせて浜吉が顔を突き出した。

「おれが配下の者を引き連れ、探索や捕物のためにおざなり横丁に乗り込んだときは、深川大番屋の邪魔は許さぬ。それともうひとつ、残影が現れたら深川大番屋へ手下を走らせろ。おれが手の者と共に駆けつける。残影を仕留めれば残りの者たちの始末は、さほどの手間はかからぬはずだ」

「仰せの通りにいたしやす。助けていただく身で、こんなことをいうのも何だが、あっしは大滝さまに、とことん惚れやした。この命、いつでも使い捨ててくだせえ。是非とも、お役に立ちとうございます」

両手をついて浜吉が頭を垂れた。

屋形船を錬蔵と藤右衛門が下りると船頭が棹《さお》で岸を突いた。屋形船が仙台堀の水面を裂いてなかほどへ滑り出た。船頭が棹を櫓《ろ》に持ち替えて亀久橋《かめひさ》へ向かって漕ぎすんでいく。

見送って藤右衛門が肩を並べた錬蔵に話しかけた。

「おざなり横丁へ浜吉を送らせました。浜吉自身、おざなり横丁以外のところでは生きられぬ身と覚《さと》っております。〈井の中の蛙《かわず》〉同然の生き様というのが口癖でして」

「井の中の蛙同然の生き様と申すか」

「私もまた、深川という土地を離れたら今のような暮らしはとてもできませぬ。浜吉同様、井の中の蛙同然の身の上でございます」

独り言のように藤右衛門がつぶやいた。

そのことばに、錬蔵のこころが揺れた。

(この世でおのれの生き様を覚っている者が何人いるだろうか)

泣いたり、笑ったり、その場その場の感情にまかせて、幸せ不幸せが隣り合わせの時の流れに身をまかせて生きていく。日々の暮らしに追われ、たつきのために金を稼ぐことだけに汲々として働きつづけ命を終える。それが、ほとんどの人の生き様ではないのか。そう錬蔵はおもうのだ。

そんな生き様を錬蔵は、決して否定はしない。が、浜吉のようにおのれの置かれた立場を知り抜き、

〈井の中の蛙〉

と言い切り、腹をくくって、

〈おのれの分のなかで生き抜くのも、それなりに潔《いさぎよ》い〉

と錬蔵は考えているのだった。

かけてきた藤右衛門の声に錬蔵は思索から覚めた。

「芸者たちに異国の品をやった客たちの名を記した書付を河水楼に置いてあります。人目のある通りでは手渡すわけにもいくまいとおもい、そういう扱いにいたしました。いま少し、私にお付き合いください」

黙って錬蔵がうなずいた。

五

〈料理茶屋　浮月〉と書かれた柱行灯に灯が点ってる。木戸門の前に立った政吉がなかを覗き込むように爪先立ちした。

「政吉」

忍びやかな声だった。振り向くと町家の陰からひとりの男が出てきた。すでに陽は落ちている。男の姿は黒い影としかみえなかった。

歩き方で誰かわかったのか、政吉が、にやり、とした。

「富造かい」

歩み寄った富造が政吉に話しかけた。

「溝口の旦那と八木の旦那が、まさか浮月に来るとはおもわなかったぜ」

「おれもよ。いつものことながら大滝さまの読みの深さには、驚かされる」

「おれは裏手を見張る。おまえは表を見張れ。いつ溝口の旦那たちが出てくるかわからねえ。おれは時折、様子を探りに来る。溝口の旦那たちを追って政吉がいなくなったら、おれは表の張り込みにもどる」

「わかった」

「おれが身を隠していた町家の陰が絶好の張り込み場所だ。通りを歩いてくる連中にも気づかれにくい」

指さして富造がいった。

「そうさせてもらうよ」

にやり、と笑いあって政吉と富造は二手にわかれた。


十両の小判が包んであった袱紗《ふくさ》を敷物がわりに畳の上に置かれている。八木と溝口は、凝然と小判に見入っていた。

小判を間に向き合って浮月の主人宗三郎が座している。少し下がって斜め脇にお千代が控えていた。

「お千代から十両、と聞いておりましたので、とりあえず十両取り揃えておきました。必要とあらば、何度でもお申し付けください。金の成る木は持っておりませぬが浮月の主人として、できる限りのことはするつもりでおります」

あわてて八木が顔の前で手を横に振った。

「十両も用立てていただいて、これで十分でござる。借用したとの証《あかし》の書付をしたためます。申し訳ないが筆に硯《すずり》、紙などを用意していただけぬか」

「証文など、堅苦しいことは抜きにいたしましょう。ここにいる皆が証人、ある時払いの催促なし、ということにいたしませぬか」

「それは、それは、実にかたじけない。おことばに甘えさせていただく」

安堵を露《あら》わに八木が、

「それでは、この十両、お借り申す」

手をのばして袱紗に十両を包み込み、いそいそと懐に入れた。満面の笑みを浮かべて宗三郎を見やり、小さく頭を下げた。

「有りがたい。実に、有りがたい。深川大番屋同心、八木周助。何かと役に立つ気でいる。遠慮なくいってくれ」

「おことばに甘えることも多々、ありましょう。よろしくお願い申し上げます」

深々と宗三郎が頭を下げた。

目線をお千代に注いで溝口が声をかけた。

「お千代、お手柄だったぞ。内心、どうなるかと気を揉んでいたのだ」

「なら、ご褒美をくださいませ」

意味ありげにお千代が笑いかけた。

「ご褒美などと、何も出ぬぞ」

焦った溝口が慌ててお千代から眼をそらした。

「ご褒美の催促とは、これは、参りましたな。お千代は、溝口さまにぞっこんでございますから、ご褒美となると、ふたりで別間で差し向かいで酒を酌み交わす、ということになるのですかな」

笑みを含んで宗三郎がいった。

「なるほど、そういうことであったか。ならば、身共は遠慮して先に引き上げさせてもらおう」

腰を浮かしかけた八木に宗三郎が、

「八木さまだけを、このままお帰しするわけにはいきませぬ。ここは八木さまのために用意したお座敷でございます」

「おれのために」

鸚鵡《おうむ》返しした八木にかまわず宗三郎が戸襖の外へ向かって三度手を打った。

「話は終わった。入ってきておくれ」

「すぐに」

間髪《かんはつ》を容《い》れず、廊下から、女の声が上がった。どうやら、あらかじめ戸襖の向こうで待っていたのだろう。

戸襖を開けて入ってきた女は年の頃は二十三、四の、丸顔の小股の切れ上がった女だった。小肥りの躰から濃艶な色香が溢れ出ている。濃いめの化粧が、はっきりした大づくりの目鼻立ちの顔に華やかさを加えていた。

「お相手をつとめさせる、お甲《こう》、と申します。ごゆるりとお楽しみくださりませ」

惚《ほう》けたように、じっとお甲に見入っている八木に宗三郎が話しかけた。

はっ、と気づいて宗三郎に眼を向けた八木が、

「心遣い、すまぬ」

と頭を下げた。こころなしか声が上ずっている。

「それでは邪魔者は引き上げますかな。お千代、気をきかせぬか。溝口さまが、間を持て余して困っておられる」

腰を浮かせた宗三郎がお千代に声をかけた。

「ほんとにそうでした。溝口さん、私たちの座敷へまいりましょう」

のばした手を溝口の手に重ねた。為されるがままお千代と共に溝口も立ち上がった。

定吉の白木の位牌にお千代が手拭いをかけた。

振り返って溝口に笑いかける。お千代は緋《ひ》の長襦袢をまとった、しどけない姿だった。脱ぎ捨てた小袖と帯が、お千代の足下に、そのままに形をとどめて丸まっていた。すでに夜具は敷かれてある。

「千代は、もう、溝口さんなしでは一夜も過ごせぬ躰になりました」

そういって長襦袢を脱ぎ捨てた。お椀を伏せたような、触れたら弾かれそうな乳房が剝《む》き出しとなった。

小袖姿の溝口がぐい呑みを高足膳に置いた。

腰の緋の湯文字をはぎ取るようにかなぐり捨て、お千代が溝口に抱きついていった。

夜具に溝口を押し倒し、小袖の襟を開いて胸を唇で吸った。唇をずらして喘《あえ》いだ。

「早く、早く抱いて」

帯を解こうともせず小袖の前を左右にはだけながら溝口はお千代にのしかかっていった。

猪口を持った八木の躰がぐらりと揺れた。

「どうなさいました」

しなだれかかっていた躰で八木を支えて、お甲が上目づかいに覗き込んだ。

「何か、こう息苦しいような、躰がほてるような、それでいて、こころが蕩《とろ》けるような、妙な気分だ」

とろり、とした眼をお甲に向けた。お甲が八木の顔に頬を寄せ、耳朶《みみたぶ》に息を吹きかけた。

「よせ。心地よさに、耐えられなくなる」

「我慢など、余計なこと。隣りの座敷に床がのべてあります」

「なに、床が」

「旦那、今夜は帰しませんよ」

片手でお甲が小袖の胸元を押し広げた。肉付きのいい、白い乳房の一方が露わになった。八木の手をとったお甲が乳房にゆっくりと押し当てた。

柔らかな、それでいて掌を押し返す感触に八木が喘いだ。

「こんな、こんなことが」

「旦那、隣りの座敷で、ふたりきりの、秘め事を」

ごくり、と生唾《なまつば》を呑み込んで八木が大きくうなずいた。

深川大番屋の用部屋で錬蔵は文机に置いた三枚の書付にじっと見入っていた。藤右衛門から受け取った、南蛮渡来の品を渡した客たちと、もらった芸者たちの名を記した書付であった。

廻船問屋　喜浦屋　四品。

呉服問屋　越前屋《えちぜんや》　四品。

小間物問屋　菊屋《きくや》　四品。

書付の傍らに置いた紙に錬蔵は書き付けた。

硯箱に筆を置いた錬蔵は書面をじっと見つめた。藤右衛門から受け取った書付に小染の名はなかった。小染は喜浦屋から異国の品とおもわれる髪飾りをもらっている。筆をとった錬蔵は、喜浦屋　四品とある文字に縦線を二本引き、その下に五品と書き加えた。

他の商人は一品しか渡していなかった。喜浦屋と越前屋、菊屋の三人だけが渡した品数が多かった。

（この三人がどこで御禁制の、南蛮渡来の品を手に入れたか明日にでも調べねばなるまい）

腕を組んだ錬蔵は向後の探索をどうすすめるか、思案しはじめた。

八丁堀に出向いた安次郎は一度もどってきたらしく、

〈話し込んでいた女は八木さんのお内儀。学塾とやらへの入塾代のことで相談に来られた、とのこと。男芸者衆の聞き込みに出かけます　安〉

と記した復申書が文机の上に置かれていた。

政吉と富造が深川大番屋へ顔をだしていないところをみると、まだ溝口と八木をつけているのだろう。

〈明日は船手方へも顔を出さねばならぬ〉

その後、喜浦屋、越前屋、菊屋へまわるとなると、ひとりでは無理な話であった。

思案はいつしか定吉のことに流れていった。

（なぜ嵐の夜に舟を出したのか。難破する危険を冒してまで舟を出さねばならぬ理由が定吉にあったのだろうか）

何度考えても、その理由を錬蔵はおもいつかなかった。

（残影の頭、とは何者）

深まる謎に、錬蔵は無意識のうちに胸中で切歯扼腕《せっしやくわん》していた。

どう足搔《あが》いても解けぬ、謎をはりめぐらした鎖が錬蔵の躰にまとわりつき縛り上げていく。

身動き出来ぬほどの息苦しさを感じて、錬蔵は立ち上がった。

刀架に掛けた大刀を手に取った。

引き抜く。

行灯の光を映した刀身が反照して鈍い黄金色に染まった。凍《こご》えた、物言わぬはずの剣が錬蔵に語りかけてくる。

〈この世に解けぬ謎はない。人がめぐらした謀計を、同じ人知を持つおのれが解けぬはずがない。解けぬは弱気の為せる業なのだ〉

聞こえぬはずの、武士の魂ともいうべき剣の発する叱咤が錬蔵の耳朶《じだ》をうった。

大刀をかざし直した錬蔵は、再び、刀身を鋭く見据えた。

五章　狐疑逡巡《こぎしゅんじゅん》

一

深川大番屋へ政吉がもどってきたのは、朝五つ（午前八時）を少しまわった頃合いだった。

「急ぎ御支配さまにお知らせしたいことがありますので」

と門番所の物見窓ごしに政吉が声をかけた。窓障子を開けて顔をのぞかせた門番が、政吉を錬蔵の長屋へ連れてきたのだった。

用部屋へ出かける支度をととのえたばかりの錬蔵だったが、やってきた政吉を奥の座敷へ招じ入れた。向かい合って坐るなり政吉が口を開いた。安次郎は戸襖のそばに控えている。

「溝口の旦那は朝帰りで。溝口の旦那が鞘番所にお入りになったんで、多少、間を計って門番に声をかけやした」

「八木の旦那をつけていきやした。浮月からふたりの女に送られて出てきた溝口と八木の旦那が歩きだしてまもなく、二手に分かれられまして」

「二手に？」

問いかけた錬蔵に政吉が応えた。

「用がおありになったのかもしれやせん。八木の旦那が懐《ふところ》を押さえられて溝口の旦那にしきりに頭を下げておられたんで、富造と『八木の旦那、溝口の旦那に金でも借りたんじゃねえのかな』とひそひそ話をしたほどで」

横から安次郎が口を出した。

「旦那、ひょっとしたら八木さん、学塾の入塾代を借りに浮月へ出向いたんじゃ」

うむ、とうなずいた錬蔵が、

「ふたりの女が溝口と八木を見送りに出てきたといったな」

「ふたりの女がそれぞれ溝口と八木の旦那の襟元を直したり、手を握ったりして、そりゃあ仲のいい様子でしたぜ。朝方まで、しっぽりと濡れた名残が、まだ残っているという風情でして」

応えた政吉に、

「富造はどうした」

「冬の寒い夜、表で見張っていた政吉と富造が、溝口さんたちがいちゃついてるのをけっこう腹を立てながら見ていた様子がありありと眼に浮かぶぜ」

半ば揶揄《やゆ》した口調で安次郎がいった。

「ほんとに損な役回りで。腹立たしい分、眠気がさめて、いいような悪いような」

苦笑いして政吉がいった。

「八木がどこへ行ったか富造が帰ってくればわかる。政吉は、それまで、おれの長屋で仮眠をとればよい。安次郎、いろいろと手配りを頼む。ふたりとも河水楼にもどれば仮眠など、させてもらえないはずだ。十分休ませてやれ」

「わかりやした」

「旦那は、これから」

と顎を引いた安次郎が問いかけた。

「おれは船手方へ出向く。調べたいことがあるのでな」

「富造がもどってきたら、八木さんがどこへ出かけたか話を聞いておきやす」

「そうしてくれ」

「あっしはどうしやしょう」

「おれが帰ってくるまで待っていてくれ。芸者や遊女たちの間に南蛮渡来の品がどれほど出回っているかどうかの調べは、以後は藤右衛門や男衆にまかせることにしよう」

「承知しやした。では、あっしは」

「とりあえず牢のなかの六造の様子でもみておいてくれ」

「後で牢をのぞいてみます」

「頼む」

大刀を手に錬蔵が立ち上がった。


船手方の役向きは、大川や江戸湾に入ってきて停泊する船の監視と、島送りに処せられた科人《とがにん》を運ぶ流人《るにん》船の運航が主なものであった。将軍の御召船《おめしぶね》の航行にもあたり、御召御船上乗役《うわのり》、水主《かこ》同心がその任に就いた。船手方の指揮をとる船手頭は向井《むかい》家が世襲し、代々、向井将監《しょうげん》と名乗った。

船手方の屋敷は江戸湾に面していた。対岸には鉄砲洲浪除《なみよけ》稲荷が鎮座し、鳥居が、海と空の青と境内の木々の緑のなかで、紅を際だたせて誇らしげに、そそり立っている。

前触れもなく訪ねたにもかかわらず、幸いなことに船手方同心、佐々木礼助《ささきれいすけ》は同心

詰所にいた。門番に取り次ぎを頼むと、

「接客の間に通ってもらってくれ」

という。

接客の間で待っていると、いそいそと佐々木礼助がやってきた。錬蔵の顔をみるなり、

「急ぎ御頭へ届け出ねばならぬことがあって書き物をしていたので、待たせてしまった。申し訳ない」

と頭を下げた。錬蔵のことばを待たずに首を突き出し聞いてきた。

「深川大番屋御支配の大滝様が、わざわざ船手方まで出向いて来られたからには、御用の筋と考えるべきでござろうな。此度《こたび》は何をお調べすればよろしいのかな」

自分の都合がつねに優先する、いつもながらの佐々木の物腰であった。何度か付き合いがある。いまは、そんな佐々木の態度にも慣れた錬蔵であった。

「先日の季節外れの嵐を覚えておられるか」

「覚えておらいでか。あの日は朝から江戸湾に停泊している千石船や五百石船を波除けさせるために島陰や河口に移す手配りで大忙しでござった」

「河口に、千石船や五百石船が入るのでござるか」

大川の河口に停泊している船であれば嵐の夜に小舟で近づけるかもしれない、と錬蔵は推量した。

「その折り、江戸湾に停泊していた船々をどこで波除けさせたか、わかりますか」

「造作もないこと。あの日、船々に手渡した指図書の控えがあります」

「見せていただけますか」

うむ、と佐々木が首を捻った。

しばしの間があった。

ひとり、うなずいて佐々木が錬蔵を見やった。

「本来なら船手方に関わりのない方には見せてはならぬもの。が、大滝様には何かと世話になっております。いまは私の一存で見せ、後ほど、御頭に復申してもお咎《とが》めはありますまい。指図書の控えを持ってきます。暫時《ざんじ》、お待ち下され」

腰を浮かせた佐々木に錬蔵が声をかけた。

「まことに申し訳ないが筆と硯、巻紙をお貸し願いたい。指図書を書写したいので」

「承知仕《つかまつ》った」

気軽に応えて佐々木が立ち上がった。

船手方の接客の間で、錬蔵が嵐の夜に船々を波除けさせたときの指図書を書き写していた頃、血相を変えて鞘番所へ帰ってきた八木周助が、見廻りを下っ引きにまかせ同心詰所で居眠りを決め込んでいた溝口半四郎を見かけて声をかけていた。

「大変なことが起きた。のんびり昼寝などしている場合ではないぞ」

顔をしかめながら、むっくりと起き上がった溝口が、

「どうした、お内儀と喧嘩でもしたのか。お内儀の望み通り、十両、耳を揃えて届けたのであろう」

「渡した。相好《そうごう》を崩して喜んでおった。あんな嬉しそうな顔を見たのは初めてだ」

「よかったではないか。おれは、お甲の移り香でもお内儀に嗅ぎ取られ、浮気を責めたてられたのかとおもって心配したよ」

両手を高々と挙げて背を伸ばした溝口が大欠伸《あくび》をした。

「くだらぬことを。女の移り香などに気づく女ではない。とうの昔に、おれには愛想づかしをしている。何をしようと気づかぬだろうよ。もっとも俸禄をごまかすようなことがあったら大騒ぎするだろうがな」

顔を八木に向けて溝口が問うた。

「ところで、いったい何が大変なのだ」

身を乗りだして八木が話し出した。

「実はな、おれの留守宅に御支配から命じられた、とみえみえの理由をつけて安次郎が様子探りに来たのだ」

「安次郎が、様子探りに」

「そうだ。帰り際に、安次郎が、松倉さんの留守宅にも立ち寄る、といっていたそうだ」

「松倉さんの屋敷に寄っていなかったのか、安次郎は」

「いや。立ち寄っていた。帰りに、おれが松倉さんの屋敷を訪ねてたしかめてきた」

「なら、何の問題もないではないか。おぬしのところだけ寄ったのなら様子探りというこどもあろうが、松倉さんのところにも顔を出している。安次郎がお内儀にいったとおりのことではないのか」

「なら、なぜ、おぬしの留守宅や小幡のところに顔を見せないのだ」

「寄ってきたのか、おれと小幡の留守宅に」

「そうだ。だから大変なことだというのだ。なぜ、おれと松倉さんのところにだけ、安次郎が顔を出したのか、よく考えてみた」

「で、どう推考したのだ」

「御支配はおれの落ち度を探しだそうとしているのだ。おれの落ち度を見つけ出し、御役御免に追い込もうとしているのではないのか。そうはおもわぬか」

緊張のあまり乾くのか八木が舌で唇を舐《な》めた。

呆《あき》れた顔つきで溝口が、しげしげと八木を見つめた。

「何だ、その顔は。おれがいっていることが、どこかおかしいとでもいうのか」

不満げに八木が問うた。

「馬鹿馬鹿しい。よくも、まあ、いろいろとおもいつくものだ。よく考えてみろ。おれと小幡は独り身だ。八丁堀に妻子を残して深川大番屋に詰めているわけではない。御支配は、妻子を残しているおぬしと松倉さんのふたりの留守宅の様子を安次郎に調べさせただけだ」

「何のために、だ」

「家のなかの揉め事は務めに差し障りが生じる因《もと》になる。だから、安次郎に様子をみにいかせたのだ。嫡男が学塾に入ると知って、御支配が『金のかかる学塾に入塾させるからには深川のどこぞの見世から多額の袖の下をとっているに違いない』と勘繰りをするとでもいうのか」

「日頃から袖の下をとることを厳しく戒《いまし》めておられる御支配だ。締め付けも厳しい。

そういう疑いを持つとは、とてもおもえぬが」

「なら、まずは何の問題もあるまいよ」

脇に置いた大刀に溝口が手をのばした。

「くさくさする。御支配と顔をあわせては何かと面倒だ。とりあえず下っ引きにまかせてある見廻りに顔を出し、夕刻から浮月に出向くとするか。お千代が、顔を見せなければ翌朝、深川鞘番所に押しかけてくる、と別れ際にいっていた。御支配の眼もある。お千代に押しかけて来られては何かと厄介だ。少し見廻りにつきあった後、浮月に繰り込む」

「お甲も同じようなことをいっていた。見廻った後、おれも浮月へ行く。お甲に鞘番所に押しかけられたら、それなりに面倒だからな」

「後で浮月で会おう」

立ち上がった溝口が大刀を腰に差した。

二

船手方の屋敷から深川大番屋へもどる道すがら錬蔵を捉《とら》えて離さぬひとつの思案が

あった。

（お俊にお千代の過去を調べさせるべきかどうか）

迷っている。お俊は深川大番屋の手先でも何でもない。いまは、前原の長屋に同居する、前原のふたりの子の母代わりの、平穏な暮らしのなかにいる、ふつうの女というべき者だった。

もとは女掏摸《すり》だといっても、すでに足を洗っている。当然のことながら、修羅場にたいする勘働きも鈍くなっているはずであった。

（それだけに命にかかわるような危険な探索はさせられぬ）

とのおもいが強い。

牢のなかにいる六造に向かってお千代が呼びかけたときのことを錬蔵は鮮明に覚えている。

（お千代は残影の頭の息のかかった者かもしれぬ）

との疑いが錬蔵のなかにあった。

その疑念を深めているのが溝口への異様なほどの執心ぶりだった。

（溝口だけではない。八木もまた、昨夜、浮月に泊まり込んでいる）

ふたりの女が溝口たちを見送りに表へ出てきた、と政吉がいっていた。

（ふたりの女か）

おそらく八木も女をあてがわれたのであろう。

（なぜ八木に女を）

首を捻った錬蔵のなかで弾《はじ》けた思案があった。

（色仕掛けか。色仕掛けで八木を籠絡《ろうらく》しようというのか）

誰が仕掛けているかは、およその推測がつく。

（おそらく浮月の主人が仕掛けの黒幕。しかし、何のために）

八木だけではない。お千代を溝口に近づけ、情がらみで身動きできぬようにしている。

（ふたりの同心を色仕掛けで誑《たら》し込む。料理茶屋の主人がそんなことをして、どれほどの利があるというのだ）

考えられることは、ただひとつ。

（何か見世の商いで不都合なことが起きたら役に立ってもらうために、あらかじめ鼻薬をかがせておく）

ということだった。

よくある話であった。

が、それだけではないような気もしている。鼻薬なら袖の下を包むだけですむ、と錬蔵は推考していた。女まであてがう、というのは、

(どう考えてもやり過ぎではないのか)

と錬蔵は考えるのだ。

もっとあくどい目論見《もくろみ》があって、仕掛けている。そうとしかおもえぬ浮月の主人の動きだった。

お千代は、その浮月の仲居頭だ。お千代は残影の頭の手下の六造を知っている。六造は定吉が住んでいた直助長屋のあるおざなり横丁の無頼たちの兄貴分であった。

(お千代は定吉のつながりで六造のことを知っていたのだろう)

そう錬蔵は推量していた。

(浮月の主人も調べ上げねばなるまい)

誰に調べさせるか、と錬蔵は思案した。が、溝口と八木に浮月の主人の身辺を探らせるわけにはいかなかった。前原は、まだ傷が癒《い》えていない。錬蔵は前原が負傷した因は、

(自分の決断の誤りにある)

と考えていた。あのとき、安次郎が、

「早く駆けつけないと斬られるかもしれやせんぜ」
と心配したにもかかわらず、
「いっても聞かぬ者は躰で覚え込ませねばならぬ」
とおのれの考えを頑《かたく》なに押し通した、その結果が、
〈前原が切り傷を負った〉
ことにつながったのだ。
（溝口や小幡の、抑制の利かぬ動きに腹立たしさを覚え、つねのこころを忘れていた）
いま人手が足りぬ結果を生んだのは、
（おのれの未熟のせい）
と厳しく自らを責め立てている錬蔵であった。
どう思案しても、錬蔵の配下で働けるのは松倉と小幡、安次郎の三人しかいなかった。
（安次郎に探らせるしかあるまい）
腹をくくった錬蔵は、さらに苦渋の決断をせざるを得ないことに気づいた。
（お千代の探索も、結句、お俊にまかせるしかないようだ）

堂々めぐりの思案に一応の決着をつけたものの、

(他に手立てはないのか)

とおもい迷いながら錬蔵は歩きつづけた。

気がつくと深川大番屋は間近に迫っていた。


用部屋へは向かわずに錬蔵は長屋へ向かった。

長屋に安次郎が待っていた。台所からつづく板敷の上がり端に坐っていた安次郎は表戸を開けて入ってきた錬蔵に気づいて立ち上がった。

「八木さんをつけていった富造がもどってきました。八木さんは八丁堀の自分の屋敷へ帰った後、松倉さん、小幡さん、溝口さんの屋敷へ立ち寄ってもどってきたそうです。おそらく、あっしが八木さんの屋敷に顔を出したことを知って、何のためにやってきたか探るために松倉さんたちの屋敷へまわったんじゃねえかとおもいますが」

歩み寄ってきた安次郎が錬蔵に話しかけてきた。

「おそらく、な。八木と溝口はどうしている」

問いかけた錬蔵に安次郎が応えた。

「八木さんが帰って来てほどなく、連れだって出かけていきました。政吉と富造がつけていきやした。政吉は仮眠をとりやしたが富造は朝方、張り込んでいるときにうとうとしただけだということで、躰がもつかどうか気になりやす」

無言で錬蔵がうなずいた。

黙り込む。

わずかの間があった。

顔を向けて錬蔵がいった。

「安次郎、お俊を用部屋へ連れてきてくれ」

「お俊を用部屋に。探索を手伝わせるんですかい」

「人手が足りぬ。それと、この調べ事はお俊にまかせるのが、一番いいかもしれぬ」

「お俊が掏摸だった頃の仲間から探索の糸がほぐれるかもしれねえ。そういうことですね」

「そうだ。おれは用部屋で待っている」

表戸に錬蔵は手をかけた。

用部屋で錬蔵とお俊、安次郎が向かい合っている。

「鶩《あひる》の料理茶屋〈浮月〉で仲居頭をやっているお千代という女について調べ上げてほ

しい」

切り出した錬蔵にお俊が、

「用部屋へ来る途中、安次郎さんから聞きました。そのお千代という女、溝口さんにつきまとっているそうですね。色仕掛けで虜《とりこ》にする気かもしれませんね。ああみえても溝口さん、女の扱いには慣れてないですからね。あたしがみるかぎり、女に惚れられたこともないいんじゃないかと」

手厳しい溝口にたいするお俊の見方だった。

居並ぶふたりに錬蔵が視線を流した。

「溝口だけではない。八木も色仕掛けの網にひっかかったようだ」

「八木さんも」

眉をひそめたお俊が、

「しょうがないねえ。だらしがないったら、ありゃしない」

呆れたように吐き捨てた。

「お俊のいうとおり溝口さんも八木さんも、およそ女と色恋には縁のない人たちだ。たまにいい目にあうと、それこそ有頂天になっちまって、何が何だかわけがわからなくなっているってのが、いまの有り様じゃねえのかい。女慣れしてる、あっしみてえな男には、色仕掛けは金輪際、通用しねえ、何の役にもたたねえ手だがね」

軽口半分、得意げに安次郎が胸を反らした。

「安次郎さんは男芸者で修業を積んだ身、男と女の色事の酸《す》いも甘いも、駆け引きの裏表も知りすぎるくらいに知りすぎている。その上、こころのなかには、命がけで惚れ抜いた恋女房のお夕《ゆう》さんがどっかりと居坐ってて、あの世で待ってくれている、他の女が入り込んでくる余地のない男じゃないか。溝口さんたちとは比べようがないんじゃないのかい」

「そういわれちゃ身も蓋《ふた》もないやね」

一文句いいたげに安次郎がぼやいた。

「色仕掛けといやあ、あたしにゃ、色仕掛けで誘いたくてうずうずしている相手がいるんだけどね。これが、仕掛けても仕掛けても、どうにもならない相手なのさ。ねえ、大滝の旦那、どうすりゃいいのか、一言でいいから、何かいってくださいよ」

身をよじったお俊が恨めしげな目つきで錬蔵を見つめた。

気づかぬ風を装って錬蔵はそっぽを向いている。

こほん、と安次郎が小さく咳払いした。

「よしな、お俊。ここ深川鞘番所は御支配の御用部屋だぜ。粋や色恋とは、およそ縁のないところだ。そういう話は野暮ってもんだぜ」

「悪かったね。どうせ、あたしゃ、野暮な女だよ」

ふん、と不満げに鼻を鳴らしてお俊が横を向いた。

「これだ。深川の女は、やたら向こう気が強すぎる。やりにくくていけねえ」

捨て台詞《ぜりふ》のように安次郎がつぶやいた。

「わかってるよ。たしかに、ここは深川鞘番所の御支配さまの御用部屋だよ。わかってますよ。わかってるって、いってるだろう」

姿勢をただしてお俊が錬蔵を見つめた。

「お千代の探索、きっちりと仕上げてみせます。細かい指図をお聞かせください」

「お俊、変わり身が早過ぎやしねえかい。ついていくのに苦労するぜ」

苦笑いしながら安次郎がいった。

「四の五の、うるさいねえ。あたしゃ、生真面目に聞いてるんだよ。ちゃちゃをいれないでおくれな。やる気が失せるじゃないか」

手を振ってお俊が安次郎を叩く仕草をした。

首を竦《すく》めて安次郎が錬蔵に目線を投げた。

「やる気が失せられては困る。ここらで探索の段取りを話し合うことにするか」

笑みを含んで錬蔵が声をかけた。

三

その日の夜、見廻りから帰ってきた松倉孫兵衛と小幡欣作を錬蔵は用部屋へ呼んだ。

「明朝、六造に引き縄をつけておざなり横丁の探索に出張《でば》る。六造の仲間が襲ってくるかもしれぬ。捕物の支度をととのえるよう下っ引きなどに命じておけ」

下知した錬蔵に、

「承知仕った」

「此度はしくじりませぬ」

ほとんど同時に声をあげ松倉と小幡が眦《まなじり》を決した。

「溝口と八木はいかがいたしましょう」

と聞いてくるとおもっていた松倉が何もいってこないところをみると、直近の溝口と八木の務めぶりから、

（曰くありげな動き。当分、様子をみたほうがよさそうだ）

と推考しているのだろう。あるいは一休みしながら半ば趣味ともいうべき繕い物などの針仕事をしつつ、溝口と八木が話していることを、しっかりと聞いていたのかもしれない。

現実に、この二日ほどは、見廻りを下っ引きたちにまかせっぱなしにしている溝口と八木であった。

河水楼へ藤右衛門宛ての書付を届けに安次郎は出かけている。政吉と富造に代わって働いてくれる男衆の手配を依頼した書面であった。その用がすんだら、藤右衛門が新たにつかんだ南蛮渡来の品をもらった芸者衆と渡した旦那衆について聞き込んでくるよう、安次郎には命じてあった。

用部屋から松倉と小幡が立ち去った後、やおら立ち上がった錬蔵は大刀を腰に差しながら牢屋へ向かった。お千代が溝口と一緒に牢をのぞいた日に六造の顔を見ただけで、それ以後、一度も牢屋に足を向けたことのない錬蔵だった。

牢屋に入ると牢のなかで相変わらず背中を向けて横たわっている六造の姿がみえた。

牢の前に錬蔵が立っても六造は身動きひとつしなかった。

「六造、明日、外へ出してやるぞ。ただし、縄つきのままだがな」

むっくりと起き上がった六造が錬蔵に向き直った。

「まさか、おざなり横丁へ連れて行く気じゃあるめえな」

その顔に狼狽《ろうばい》がかすめたのを錬蔵は見逃してはいなかった。ゆっくりと、一語一語、言い聞かせるように告げた。

「そのまさかだ。この間、同心がしくじった定吉にかかわる調べを、おれが指図してやり直そうというのだ」

凄みをきかせて六造がことばを返した。

「やめたほうがいいんじゃねえのかい。お頭は強い。まともに斬り合ったら命が幾つあっても足りねえぜ」

皮肉な笑みを浮かべて錬蔵がいった。

「命がなくなるのは、六造、おまえのほうかもしれぬぞ。どじを踏んだ奴は許さぬ、と残影がおまえを斬り捨てるかもしれない」

「残影、だと。お頭の名を、誰から聞いたんでえ」

「お千代、から聞いた」

「嘘だ。お千代が、そんなことをいうはずがねえ。下手な駆け引きは、おれには通じねえぜ。誰が、そのお頭の名を教えたんだ」

「おれは深川大番屋の支配役だ。おざなり横丁と彼岸横丁、さらに三十三間堂町の局見世まで足を伸ばそうとしている一味の頭の名ぐらい、調べ上げればすぐにわかる。いわば蛇《じゃ》の道は蛇《へび》。飼い慣らした新たな蛇を放っただけのことだ」

「てめえ、それじゃ、おれを道案内がわりにおざなり横丁の仲間を引っ捕らえようとしているんじゃねえだろうな」

「引っ捕らえる、だと。甘いことを考える奴だ。手に余れば斬って捨てる。一網打尽を通り越して皆殺しにする覚悟で出向くのよ」

「てめえ、いわせておけば」

「わめけ。叫べ。しょせん貴様は籠の鳥同然の身の上だ。せいぜい仲間のためにあの世送りの経文でも唱えておくのだな」

いうなり錬蔵は背中を向けた。

「待て。待ちやがれ。おざなり横丁へは行かねえ。牢のなかは、けっこう居心地がいいもんだ。おらあ、気に入ってる。一歩も出ねえぞ。引っ張り出そうとしても無理なこったぜ。一歩も出ねえといってるんだ。わかったか」

わめきたてる六造の声が耳に入っていないのか、立ち去る錬蔵は一度も振り返りはしなかった。六造のがなり立てる声は錬蔵の姿が牢屋から消えてもやまなかった。

やがて……。

いくら声をかけても錬蔵はもどってこない、と覚ったのか、がっくりと肩を落とした六造は、

「牢から出たくねえんだよう。残影のお頭は怖いお人だ。殺されるかもしれねえ。死ぬのは御免だよう」

力なくつぶやいて、首が折れたのではないかと見紛うほど、大きくうなだれた。

用部屋へもどった錬蔵は船手方同心、佐々木礼助に特別に見せてもらい書写してきた嵐の日の、江戸湾に停泊していた船々を波除けさせたときの指図書を文机に置いた。

書き写すときにすでに気づいていたが、廻船問屋〈喜浦屋〉の千石船は、永代橋近くの大川の河口にある御用石場の岸辺を波除けの場とするよう船手方から指図され停泊していた。

江戸の絵図を広げた錬蔵は、洲崎弁天から越中島を経て御用石場まで舟で行くとしたら、どういう水路をすすむか指でたどってみた。

御用石場は大島《おおじま》川が大川に流れ込むところにある。大島川は江戸湾に注ぎ込む大川

の河口に合流する川でもあった。

錬蔵は定吉がどこで舟に乗り込んだか、思案した。定吉が、おざなり横丁のある三十三間堂町の永居橋近くで舟に乗り込んだと仮定すれば、まず二十間川を汐見橋、蓬莱橋とくぐり抜け大島川へ出、大島橋の下を抜けて大川へ入り御用石場へ出ることが出来る、とわかった。この川筋をたどれば海へ漕ぎ出て海岸沿いにすすむより難破する恐れがかなり少なくなる。

が、わずかな間だが二十間川から大島川、大川へと川筋をたどるにしても嵐による増水もあり、舟を自在に操るのは、かなり難しいのではなかろうか、とおもわれた。

（あんな嵐の夜に、なぜ定吉は舟を出したのか）

その理由が奈辺にあるか探ろうと錬蔵は思案を重ねた。

が、なぜ難破の危険をおかしてまで定吉が舟を出したか。ただ可能性を探るだけの、堂々巡りの思案がつづくだけで何の結論も導き出せぬまま刻《とき》だけがただ流れ、過ぎ去っていった。

「旦那」

戸襖の向こうから、呼びかける声があった。

「安次郎か。入れ」

　戸襖を開けた安次郎が座敷に足を踏み入れ後ろ手で閉めながら、

「もうすぐ四つ（午後十時）ですぜ。こんな刻限まで用部屋にいるなんざ、めったにないこった。いったい、どうなすったんで」

　心配げに問いかけた。

「どうにも解けぬ謎があってな。思案を重ねているうちに刻を過ごしてしまった」

「藤右衛門親方が、政吉と富造のかわりの男衆をふたり、手配してくださいやした。手配してもらったふたり、三五郎《さんごろう》と岩助《いわすけ》を連れて、おそらく政吉たちが張り込んでいるだろうと見込みをつけて浮月へ足をのばしやした」

「いたのか、政吉と富造が」

「雁首《がんくび》揃えて。寒さに震え上がっておりやしたよ」

「それで、張り込みを入れ替わったのか」

「政吉は残りやした」

「政吉が。疲れているのではないか」

「政吉は旦那の長屋で仮眠をとったので大丈夫だと言い張ります。さらに、あっしと富造が引き上げたら溝口さんや八木さんたちの顔を知っている者がいなくなる、三五郎も岩助もおふたりの顔を、はっきりとは知らないはずだ、とまで言い募《つの》りやして」

「三五郎と岩助に、八木と溝口の顔を知っているかどうか、たしかめたのか」

「聞きやした。三五郎たちは、見かけたことはあるが、はっきりとは覚えていない、といいやす」

「そうか。なら、政吉に無理してもらうしかないな」

深川大番屋の小者でもないのに、政吉にはいつもよく働いてもらっている。

（藤右衛門の指図とはいえ、ありがたいことだ）

しみじみと人の情けを噛みしめた錬蔵の脳裏に、寒さに震えながら浮月を張り込む政吉たちの姿が浮かんだ。

次の瞬間……。

ぬくぬくと夜具にくるまってお千代と抱き合う溝口と、顔も知らぬ女と肌を合わせている八木の姿が浮かんで、消えた。

（どうしてくれよう）

込み上げた怒りを錬蔵は懸命に抑えた。

「愚かな」

おもわず、つぶやいていた。

「何か、仰有《おつしや》いましたか。旦那らしくもねえ。怖い顔をしてますぜ」

かけられた安次郎の声で錬蔵から怒りが失せた。

「そうか。そう見えたのなら、まだ修行がたりないのだ」

笑みを浮かべて安次郎に聞いた。

「南蛮渡来の品を客からもらった芸者や遊女たちの数は増えていたか。藤右衛門のことだ。調べつづけてくれているはずだ」

「芸者ひとりに遊女四人、あわせて五人ほど見つかったと、藤右衛門親方が仰有っていました。くわしいことは書面にしたためておきます、との言づてで」

「わかった。ところで安次郎」

「何ですかい」

身を乗りだした安次郎に、

「明朝、五つ（午前八時）前に大番屋を出て、おざなり横丁へ向かう。六造に引き縄をつけて連れていき、直助長屋の探索など定吉がらみのことを調べ上げるのだ」

「長脇差を帯びていきやす。六造を取り返そうと無頼どもが襲ってくるはず。斬り合いになるとおもうんで」

「おそらくな。大番屋から押し出す刻限を知らせていなかった。五つに出る、と松倉と小幡につたえてくれ」

「わかりやした。旦那は、どうなさるんで」

「文机のまわりを片付けてから長屋へもどる」

「それじゃ、これで」

身軽な動きで安次郎が立ち上がった。

四

牢から引き出すとき、六造は、

「出ねえ。一歩も出ねえ」

と暴れに暴れた。小者たちが押さえ込もうとするのだが、六造の腕っ節の強さに手こずり、なかなか縄を打てない。見かねた錬蔵が牢のなかに入り、鞘で六造の鳩尾《みぞおち》を一突きした。大きく呻いて六造が気を失って倒れたところを後ろ手に縄を打ち、六造の肩と足を抱えて牢の外へ運び出した。

顔に水を浴びせて正気づいた六造を小幡が蹴り上げて立たせた。六造を小幡が引き縄で引ったてるようにして、おざなり横丁へ向かって深川大番屋を出たのだった。

おざなり横丁へ錬蔵たちが出かけた頃、浮月では溝口が身支度をととのえて八木が現れるのを待っていた。

あらかじめ、

「浮月を出る」

と打ち合わせてあった刻限を、小半刻も過ぎている。溝口は、

「遅くとも朝の五つ前には鞘番所へもどるべきだ」

と八木に話してある。昨日、鞘番所を出てからずっと八木は、

「安次郎が八丁堀のおれの屋敷に訪ねてきて、根掘り葉掘り、世間話を装って、いろいろと聞き出して帰ったに違いない。おれの務めぶりが気に入らなくて御支配が命じたことだ。向後どうすればいいか、よい知恵が浮かばぬ」

と何度も同じことばを繰り返した。最初は黙って聞いていた溝口だったが、あまりのしつこさに次第に辟易《へきえき》してきた。

「それならば務めに精を出すが一番だろう」

と言い放って溝口は八木を睨《ね》め付けた。

「今夜から浮月には顔を出さぬことだ。大番屋の長屋にもどり朝早くから同心詰所に顔を出せ。松倉さんや小幡を見習えばよい。おれは浮月に行く。お甲には、八木は務

め大事ゆえ浮月には来ぬ、とつたえておく。そうしろ」

冷たく突き放した溝口に八木がおおいに慌てた。

「そんなことはいっていない。おれは、お甲の肌のぬくもりを忘れられぬ。あんな優しくしてくれる女ははじめてだ。浮月に行かぬことなど、おれには考えられぬ。もう愚痴《ぐち》はいわぬ。繰り言はせぬ。だから機嫌を直してくれ。おれは、いまは、溝口、おぬしだけが頼りなのだ」

と両手を合わせんばかりに頭を下げた。そのときに、

「御支配に四の五のいわせぬためにも見廻りだけはちゃんとやる。捕物の出役があれば後ろ指をさされぬよう、ちゃんと働く。つつがなく役目をこなしていれば、浮月に泊まり込もうが御支配は文句をいうまい。げんに、いまも外泊については小言のひとつもいわないではないか」

「それはそうだが、しかし……」

「叱責《しっせき》されたら、叱責されたときのこと。そのとき、そのときで考えればよいのだ」

「そうだ。たしかに、その通りだ」

何度も八木がうなずいたものだった。

(どうかしている。八木のお守《も》りも、疲れ果てた)

苛立って溝口が舌を鳴らしたとき、戸襖が、いきなり開けられた。

「八木か」

振り返るとお千代が困惑を露わに立っていた。座敷に入ってきて溝口の隣に横坐りした。

「八木さんがね『頭がぼうっとする。もう少し寝かせてくれ』とお甲さんにいいつけたきり起きてこないのさ。どうする」

しなだれかかったお千代が溝口の首に手をかけて頬を寄せてきた。

「やめぬか。鞘番所へもどらねばならぬ。務めは務め、お千代、おまえとのことは、務めとは別ものの、ふたりだけのことなのだ」

いいながら、お千代を押しのけた溝口が大刀を手に立ち上がった。

「邪険だねえ」

恨みがましい絡みつくような目でお千代が見上げた。

「お千代、聞き分けてくれ。おれだって、いつも、おまえのそばにいたい。が、務めをしくじるわけにはいかぬ。わかってくれ」

片膝をついた溝口がお千代の肩に手を置いた。その手にお千代が自分の手を重ねた。

「わかってるよ。わかってるけどさ、おまえさん」

と呼びかけてお千代が、じっと溝口を見つめた。

「おまえさん、て呼んでもいいよね、溝口の旦那」

「溝口の旦那、ではない。おまえさん、と呼んでいいのだ。おれは、お千代、おまえを、おれの恋女房、だとおもっている。おれは」

いいかけた溝口の唇を、お千代が人差し指で、そっと押さえた。それ以上、喋らせないようにするための所作とおもえた。

「恋女房、といってくれた、優しいその声を決して、忘れないよ。だから、いいんだよ。鞘番所へ帰っておくれ」

「お千代」

「あたしにもお務めがあるんだ。だからさ、できれば四六時中、そばにいたいんだけどさ。一緒に働いている仲居の仲間の目もあるしさ」

「何をいいたいんだ、お千代」

「だからさ。会いたくなったら、あたしが鞘番所へ押しかけていくからさ。待っておくれでないかい。ほんとは、いつも、おまえさんのそばにいたいんだけどさあ」

見つめたお千代の目にうっすらと光るものが浮いた。溝口の顔が驚きに歪《ゆが》んだ。

「お千代、なぜ泣く」

「泣いてなんかいないよ。泣いてなんか、いないよう」

いきなりお千代が溝口にしがみついた。

「お千代」

強く溝口がお千代を抱きしめる。

しばらくの間、ふたりは抱き合ったままでいた。

寄せていた頰を離してお千代がささやいた。

「鞘番所へ出かけておくれ。そして、あたしたち一家を助けてくれたときみたいに、困ってる人たちの味方になっておくれ」

「お千代」

顔を見つめた溝口が再びお千代を強く抱きしめた。


おざなり横丁のなかへ錬蔵は足を踏み入れた。松倉、六造の引き縄を握った小幡、六尺棒とも呼ばれる寄棒《よりぼう》を手にした鍋次と平吉、松倉の下っ引きふたりがつづいた。しんがりを安次郎がつとめている。

無頼たちが行く手を塞いでいた。なかに浜吉の顔がみえた。

「深川大番屋支配、大滝錬蔵である。御用の筋での出役、邪魔立てすると容赦はせぬ」

声高に告げた錬蔵のことばに、浜吉が隣の男に何事か話しかけた。

一歩錬蔵が足を踏み出した途端、浜吉と周囲にいた無頼たちが姿を消した。半数近くに減った無頼たちが、浜吉たちの動きとは逆に錬蔵たちに迫った。

「残影の頭は、どこにいる」

問うた錬蔵に応える者はいなかった。代わりに、

「六造兄哥《あにい》」

「いま、助け出すぜ」

との呼びかけが無頼たちから上がった。

「縄をかけられちゃいるが、おれはへこたれちゃいねえ。こんな縄、ひきちぎってやる」

逃げだそうと六造がもがいた。引きずられそうになった小幡が、
叫ぶなり小刀を引き抜いて六造に突きつけた。

「おのれ。抗うこと、許さぬ」

なおも暴れて顔を打ち振った六造の鼻の頭に小幡の小刀が触れた。六造の鼻の頭が

薄く切り裂かれて血が滲み出た。

その血が無頼たちの憤怒《ふんぬ》を呼んだ。

「野郎」

「やりやがったな」

匕首《あいくち》を抜きはなった無頼ふたりが左右から錬蔵に突きかかった。

抜く手も見せぬ錬蔵の早業が無頼ふたりの匕首を握った手を肘から切り落としていた。血の滴《したた》る腕を押さえてふたりの無頼が地面をのたうった。

「いったはずだ。容赦はせぬと。逆らえば、斬る」

言い放った錬蔵が右手に大刀を下げて歩きだした。松倉も、小刀を鞘に納めた小幡も、大刀を抜いていた。平吉たちは寄棒を構えている。安次郎も抜き身の長脇差を手にしていた。

匕首や長脇差を抜きはなった無頼たちが錬蔵の動きにつれて後退った。が、無頼たちは決して逃げようとはしなかった。

(逃げたら殺される。そう無頼たちはおもっているのだ。残影の頭が手下どもに植えつけた恐怖は生半可《なまはんか》なものではないようだ)

おざなり横丁に出向く、と告げたときに六造が牢内でみせた動揺を錬蔵は思い起こした。

(無頼たちが逃げださないところをみると、誰ぞが残影の頭のもとへ知らせに走ったのだろう。必ず残影の頭は姿を現す)

無頼たちの動きから錬蔵は、そう推断していた。

「もう少し行くと直助長屋です」

背後から小幡の声がかかった。

「六造、此度は素直に我らが探索に手を貸すのだな。手伝わねば耳のひとつも切り落とすことになる」

振り向くことなく錬蔵が告げた。

「きっと残影の頭が駆けつけてくださる。鞘番所の役人衆は、ここで皆殺しにあうんだ。残影のお頭は、滅法、腕が立つんだ。首を洗って待っていな」

鼻の頭の傷から血を溢れさせながら六造が悪態をついた。

と……。

行く手を塞いでいた無頼たちがふたつに割れた。

突き当たりの黒の板塀を背に強盗頭巾をかぶった着流しの男が立っていた。長脇差を一本、腰に帯びている。錬蔵は、じっと見やった。

（長脇差にしては長すぎる）

と瞬時で計っていた。

長脇差はおよそ一尺八寸（約五十四センチメートル）。大刀は二尺三寸（約七十センチメートル）かそれ以上の長さがある。

男が腰に差しているのは長脇差ではなかった。あきらかに大刀であった。

「残影の頭か」

呼びかけた錬蔵に応えるかわりに残影の頭は、ゆっくりと大刀を引き抜いた。

「残影のお頭、こいつらを皆殺しにしてくだせえ。おれを助けてくだせえ」

前方に走りだそうともがいて六造がわめき立てた。

残影の頭は大刀の峰を肩に置いた。迎え撃つべく錬蔵が正眼に構えた。

しばし睨み合った。

「斬る」

低く吠えるや残影の頭が錬蔵に向かって走り出した。

正眼に大刀を置いたまま錬蔵は動こうとはしなかった。

肩に置いた刀を八双《はっそう》に構え直しながら残影の頭が錬蔵に斬りかかっていった。

受けた錬蔵の大刀と残影の頭の刀がぶつかりあい鈍い音が発するや、大きく火花が飛び散った。火花の大きさからみて衝撃が、どれほどのものだったか、見つめる者たちにも推測できた。

〈勝負の行方はいかに〉

と固唾《かたず》を呑んで見据えた瞬間、錬蔵の脇を走り抜けた残影の頭は一跳びして六造に迫り、上段から袈裟懸《けさが》けに大刀を振り下ろした。狙い違《たが》わず残影の頭の振るった刃は六造の左首の付け根に食い込み、右脇腹へと切り裂いていた。

首の付け根から血を噴き上げた六造が断末魔の形相凄まじく、その場に崩れ落ちた。引き縄を握りしめた小幡が六造の重さに耐えかねて膝をついた。

残影の頭は大刀を片手下段に置き直して一気に平吉たちの脇を駆け抜けていた。虚をつかれながらも安次郎が長脇差を抜いて斬りかかった。が、その長脇差は空高く弾き飛ばされていた。痺《しび》れたのか両の掌を丸めて安次郎が顔をしかめた。痛みをこらえているのが傍目《はため》にもよくわかった。

「大丈夫か」

声をかけた錬蔵に、

「太刀の捌《さば》きが速くて、鋭い。強すぎますぜ、残影の頭は」

痺れた手を揉みながら安次郎が応えた。

うなずいた錬蔵はじっと六造の骸《むくろ》を見据えた。

倒れた六造の躰の下の通りに血溜まりが出来ていた。その血はみるみるうちに広がっていき、小さな池ができるかとおもわれるほどであった。

目線を流すと、そこには無頼たちの姿はなかった。無頼たちだけではない。おざなり横丁には人の気配すらなかった。おそらく棲み暮らす者たちは建家の奥で躰を縮め息を殺して外の様子を窺っているのだろう。

予想外の残影の頭の動きだった。

（恐るべき剣の使い手。何よりも人の命を奪うになんの躊躇もない、類稀《たぐいまれ》な、あの非情さが恐ろしい）

胸中で錬蔵は呻いた。まだ掌に痺れが残っている。受けた鎬《しのぎ》にうっすらと傷がついていた。無銘だが、これまで刃こぼれひとつしたことのない実戦向きの大刀だった。

（明日は刀を研ぎにださねばなるまい）

残影の頭は、近いうちに必ず戦うことになる相手であった。

（この刀は使えぬ。別の、強靱な刀身と鋭い切れ味を持つ大刀を急ぎ求めねばなるまい）

錬蔵は大刀を鞘に納めた。

「引き上げる。六造の骸は近くの自身番へ運べ。どこぞの寺に無縁仏として葬ってやるのだ」

下知した錬蔵に一同が顎を引いた。

「頭がはっきりせぬのだ。それに、息苦しくてな。もう少し休ませてくれ」

焦点の定まらぬ目つきで八木が夜具のなかから応えた。

「鞘番所へもどるぞ」

とお甲の座敷へ迎えにいった溝口に応えた八木の、魂の抜けたような虚ろな顔が脳裏に残っている。

(見廻りに出張る刻限に遅れる。急がねば)

いつしか溝口は小走りになっていた。

その溝口の後を三五郎が見え隠れにつけている。政吉は、まだ浮月を張り込んでいた。八木が姿を現さないからだった。

鞘番所に入ってきた溝口を門番が訝《いぶか》しげな顔で見やった。

「何だ、その顔つきは。おれの顔に塵《ちり》でもついているのか」

問いかけた溝口に門番が応えた。

「溝口さまは、途中で出役に加わられたのでは」

「出役？　御支配はどこぞへ出役されたのか」

「おざなり横丁へ。松倉さまも、小幡さまもともに出役されましたが」

舌を鳴らして溝口が黙り込んだ。顔を門番に向けて問うた。

「向かった先は、おざなり横丁だな」

「そう聞いております」

応えた門番の話し終えぬうちに溝口は走り出していた。


仙台堀沿いに溝口は走り続けた。

その足が、止まる。

亀久橋の方から錬蔵を先頭に歩いてくる一群があった。

「御支配」

駆け寄った溝口が錬蔵に呼びかけた。

が、錬蔵は溝口に鋭い目線をくれただけで声をかけようとはしなかった。

「御支配」

さらに呼びかけて近寄ろうとした溝口が、動きを止めた。錬蔵の羽織った巻羽織に返り血が染み込んでいるのを見届けたからだった。

(斬り合いになったのだ)

愕然と立ち尽くした溝口を見向きもせずに錬蔵が通りすぎていった。錬蔵は溝口を一瞥《いちべつ》もしなかった。錬蔵につづく松倉も、小幡も、平吉たち下っ引きに安次郎も、溝口に声をかけようともしなかった。眼を向けることもなく歩き去っていった。

ゆっくりと溝口は振り返った。遠ざかる錬蔵一行を凝然と見つめた。

突然、溝口の耳に、

「あたしたち一家を助けてくれたときみたいに、困ってる人たちの味方になっておくれ」

縋《すが》るようなお千代の声が甦った。

「おれは、おれは、何をしているんだ。おれは、何を」

いつしか拳を握りしめていた。その場に崩れ落ちるように溝口は膝をついた。

去りゆく錬蔵たちを見つめて呻いた。

「おれは、深川大番屋同心、溝口半四郎。深川大番屋の同心。おれは」

頭を垂れた溝口は突いた両手で強く地面を摑んでいた。爪のなかに泥が食い込んでくる。

「深川大番屋の、同心だったのだ」

喘いだ溝口は、土塊《つちくれ》を、さらに抉《えぐ》りとろうとするかのように指先に力を込めた。

五

鞘番所にもどった錬蔵は、

「このまま用部屋へ来るように」

と松倉、小幡、安次郎の三人に声をかけた。

向き合って座した松倉と小幡、いつものように戸襖のそばに控えた安次郎に、錬蔵は目線を移した。あらためて松倉に顔を向け、

「六造の死骸を預けた自身番へ向かい、下っ引きとともに近くの寺に話をつけ無縁仏として葬るように」

と命じた。小幡には、

「長崎町に店を構える廻船問屋〈喜浦屋〉を張り込め。抜け荷に加担している疑いがある」

あえて錬蔵は抜け荷ということばを口にした。たしかな証《あかし》はない。が、寒風吹き荒《すさ》ぶ町家の陰で張り込みの任につく身にしてみれば、

〈何のために、ここにいるのか〉

という明確な意識があるか否《いな》かが気力を保ちつづける大きな要因になることを、錬蔵はおのれの経験から、よく知り抜いていた。

案の定、小幡は身を乗りだし、

「抜け荷が行われているのですか」

と問うてきた。

「半端でない数の南蛮渡来の品が深川に出回っているのだ」

応えた錬蔵に小幡が、

「これより廻船問屋〈喜浦屋〉へ向かいます」

と立ち上がった。松倉が、

「私も自身番へ出向きます」

と小幡にならった。

「安次郎、そこでは話が遠い。おれの近くに来い」

用部屋から出ていく松倉たちと入れ替わりに安次郎が向かい合って坐った。

「昨夜、打ち合わせたとおり浮月の主人について調べ上げてくれ。駆けつけたのは溝口ひとりだった。おそらく八木は、まだ浮月にいるのであろう」

「まず浮月の近くを歩きまわってみやす。まだ政吉が張り込んでいるかもしれません。政吉にとりあえず聞き込みをかけ、それから藤右衛門親方や口の堅い男芸者を訪ねて噂を聞き込んできやす」

「そうしてくれ。おれは、これから研ぎ師のところへ出かける」

「研ぎ師ですって。刀に罅《ひび》でもはいったんですかい」

「傷がついたのだ。残影の頭の打ち込み、凄まじいものであったよ。刀を持った手に痺れが走った。指の骨が折れたのではないか、とおもったほどだ」

「あっしも、そうでした。長脇差を放り出さなかったら指の骨の一本や二本折れたかもしれやせん」

「いずれ残影の頭とは刃を合わせることになる。いきつけの研ぎ師のところになければ伝手《つて》を頼って実戦に向く大刀を探しだし求めてくるつもりだ」

「残影の頭を相手にするとなると、長脇差も、そのほうがいいでしょうね」

「行ったついでだ。安次郎の長脇差も、頑強なものを見つけ出してきてもいいが」

「そうしていただけると助かりやす。旦那を、お使い立てするようで申し訳ありませんが」

　安次郎が頭を下げた。

　用部屋を出た錬蔵が返り血を浴びた巻羽織を着替えるため長屋へ向かうところへ、門番が見知らぬ男を連れてきた。

「御支配に急ぎ知らせたいことがあるといって、この男が表門へ参りまして」

　声をかけてきた門番の後ろで硬い顔つきで遊び人風の男が頭を下げた。眉の太い、色黒の男だった。顔を上げて、いった。

「三五郎といいやす」

「安次郎から聞いている。おれの長屋へ来い。そこで話を聞く」

「わかりやした」

　浅く腰を屈めて三五郎が応えた。錬蔵が門番に聞いた。

「政吉は来なかったか」

「政吉さんの顔は、まだ見てませんが」

「そうか。御苦労だった」

　そういって錬蔵が歩きだした。三五郎がつづいた。

台所からつづく板敷の間で錬蔵と三五郎は向き合って話をしている。

「ここではなんだ。座敷へ上がれ」

とすすめる錬蔵に、

「あっしは、ここで十分でございます。主人から、くれぐれも行儀よくするようにといわれておりますんで」

と頑《かたく》なに三五郎が言い募ったからだ。

「先立って仙台堀の河岸道でお会いになったので、おもどりになったのはおわかりだとおもいやすが、溝口の旦那は五つ（午前八時）すぎに浮月を出て、いったん鞘番所に帰られました。すぐに駆けだされまして仙台堀へ行かれた次第で。いまは、同心詰所に詰めておられます」

と長屋に入るなり土間に立ったままで三五郎が錬蔵に報告した。

「それでは、これで」

と引き上げかけた三五郎を錬蔵が引き留めて板敷の間に上がらせたのだった。

「政吉の様子はどうだ。疲れ切っているのではないか」

と問いかけた錬蔵に、

「政吉兄哥は『心配ねえ。おれは疲れてなんかいねえ』といってやすが、眼の下に隈《くま》ができていて、かなりきついんじゃねえかと」

「いつもながらの政吉の頑張り。すまぬとおもうのだが、いまは無理してもらうしかない」

つぶやくような錬蔵の一言に三五郎が、

「御支配さまの、そのおことば、政吉兄哥が聞いたら疲れも吹っ飛ぶことでございましょう」

と鼻をすすった。ほどなく、

「休んでいけ」

とすすめる錬蔵に、

「いつ溝口の旦那が出かけられるかわかりやせん。鞘番所の表門がよく見える新大橋際に水茶屋がありますんで、そこで張り込みやす」

と三五郎が腰を浮かせた。

（前原の傷の具合が気になる）

巻羽織を着替えながら、そうおもった錬蔵は前原の長屋を訪ねることにした。

表戸を開け声をかけると、佐知と俊作がころがるように走って出てきた。

「父上はいません」

ほとんど同時にふたりが声を上げた。

「いない？　どこへ行ったのだ」

「わかりません」

応えた佐知のことばを裏付けるように俊作が大きくうなずいた。

「そうか。留守か。大滝のおじさんも所用があって出かける。しっかり留守番をするのだぞ」

言い聞かせた錬蔵に姉弟が、

「はい」

と声を揃えて応えた。

行きつけの研ぎ師の店は飯倉《いいくら》神明宮の近くにある。刀探しにあまり時はかけられなかった。鞘番所を出た錬蔵は早足で神明門前町へ向かった。

下谷にあった、お千代の住んでいた長屋近くからお俊は聞き込みをはじめた。お千代もお俊も、似たような年格好だった。

そのことがお俊の聞き込みには役に立った。聞き込みの相手がお俊のことを、

〈行方のしれない幼馴染みのことを訪ね歩いている〉

と勝手に思い込んでくれたからである。

いまは取り壊されたお千代が住んでいた長屋の近くにある裏長屋で、お俊は耳寄りな話を聞き込んでいた。

お千代一家に金を貸していた高利貸しが、まだ金貸しをつづけている、というのだ。

因業《いんごう》の升兵衛《ますべえ》と陰口を叩かれている、その高利貸しの住まいは菊坂台町《きくざかだいまち》にあった。

菊坂台町に足をのばしたお俊は大胆にも升兵衛の住まいを訪ねた。

表戸を開けてはいると、土間からつづく座敷に月代《さかやき》をのばした人相の悪い男がふたり、見張りのつもりか左右に分かれて壁際に坐っていた。

じろり、とお俊に鋭い視線をくれた左側の男がゆっくりと立ち上がって上がり端までやってきた。腰を下ろしてお俊に声をかけてきた。

「ご存じだとはおもいますが、ここは〈因業〉と陰口を叩かれている金貸しの升兵衛さんの住まいですがね。何か御用で」

見返してお俊がいった。

「別に金を借りに来たわけじゃないんだ。急に幼馴染みに会いたくなってね。それで来てみたら住んでいた長屋が取り壊されているじゃないか。それで、近所で噂を聞き込んだら、お千代ちゃんの行方なら升兵衛さんのところでわかるんじゃないか、と教えてくれた人がいてね。それで来たんだよ」

「お千代？　聞いたことがねえな」

顔をしかめて男が応えた。

「そうかい。誰に聞いたらわかるだろう」

小首を傾げたお俊に、

「お千代なら、知ってるぜ」

壁に背をもたせかけていた、応対に出た男より数歳年嵩《としかさ》とみえる男が横から口を入れてきた。

「ほんとかい」

問いかけたお俊に男が声を重ねた。

「兄哥、ほんとに、知ってるんですかい」

兄哥と呼ばれた男が裾を払って立ち上がった。

「忘れられねえわけがあるのさ。溝口とかいう北の定町廻りの若い同心が器量よしのお千代を気に入ったのか、やけに一家に親切にしやがってな。一時は借金を棒引きにしろ、とその同心に脅されて、升兵衛の旦那は泣きの涙で渋々、承知しなすったもんだ。けどよ、どういうわけか、その溝口の野郎が、どこかの大番屋詰めを命じられ定町廻りからはずされてお千代のところへ顔を出さなくなった」

「そりゃ、升兵衛の旦那には棚からぼた餅《もち》みてえな、いい按配《あんばい》の成り行きで」

(何が、いい按配だ。都合のいい理屈をならべやがって、反吐《へど》が出そうだよ)

むかっ腹が立った分、お俊のことばに棘《とげ》が生じた。

「それで借金のかたに、お千代ちゃんを女郎屋に叩き売ったとでもいうのかい」

いった後、

(しまった。余計なことをいっちまった)

と後悔したが出したことばはひっこめるわけにはいかない。

凄みの利いた目つきでふたりが睨みつけてきた。

「御免よ。幼馴染みのお千代ちゃんが可哀想になっちまって。しょうがないよね。金貸しは金を貸すのが商売だ。返してもらえない金は何とかして取り立てようとするのは無理のない話だよね」

しんみりとした口調でお俊がつぶやいてみせた。

「やけに物わかりがいいじゃねえか。そのしおらしさが気にいった。何なら、おれが、お千代を売った女郎屋へ案内してやってもいいぜ。そう遠くはねえ。根津権現《ねづごんげん》近くの根津門前町の局見世だ」

「そこにいったら、まだ、いるかもしれないね、お千代ちゃん」

身を乗りだしてお俊がいった。

(危ない目にあうかもしれない)

との予感はあった。が、

(錬蔵の役に立ちたい)

との強いおもいが、その恐怖を打ち消した。

「連れていっておくれな、その局見世へ」

微笑んでお俊が頼んだ。

「いいってことよ。出かける許しを升兵衛の旦那にもらってこなきゃならねえ。少し待っててくんな」

にやり、として兄哥と呼ばれた男が立ち上がった。

根津権現へ向かって兄哥と呼ばれた男と弟分の男にはさまれてお俊が歩いていく。男たちはお俊の腕をとらんばかりに躰を寄せていた。

（こいつら、あたしを局見世に叩き売る気でいるんだ）

逃げられるような有り様ではなかった。修羅場を数多く踏んできたお俊には、

〈いま自分がどれほどの窮地に陥っているか〉

よくわかっていた。

（ままよ。なるようになるさ）

腹をくったお俊は、ゆったりとした足取りで根津門前町へとすすんでいった。

六章　乱雲血風《らんうんけつぷう》

一

〈妓車屋《こぐるまや》〉と書かれた提灯《ちょうちん》が局見世の表口の左右の柱に掛けられている。馴染みが深いらしく兄哥《あにい》と呼ばれる男が表戸を開けて廊下に足を踏み入れた。

局見世は一棟を幾つもの部屋に仕切ってある。それぞれの部屋が遊女たちの居室がわりにもなっていたために〈長屋〉とも呼ばれた。部屋の戸口から入ったところは板敷の土間で、客も遊女も土間で履物《はきもの》を脱ぎ、畳の間の部屋には鏡台、煙草盆などが置かれていた。臥具《がぐ》はたたんであり、その上にふたつの枕が置いてあった。客がいないときは部屋の入り口の戸は開けてあった。客が廊下を通ると遊女は坐ったまま声をかけたり、戸口に立って強引に腕をとって客引きをした。

お俊の腕をとった兄哥と弟分が表口に入って、すぐ左へ折れた。その奥に局見世の帳場があった。でっぷりと肥《ふと》った五十がらみの、おそらく酒焼けなのだろう、赤ら顔の男が坐っている。

兄哥と弟分は、もはや本性を隠そうとはしていなかった。弟分はお俊の肩に手を回し、逃げられないように抱きかかえる格好になっている。

「何しやがる。手を離せ。離せったら。あたしゃ、お千代ちゃんの行方を知りたいだけなんだよ」

兄哥がお俊を振り返っていった。

「お千代を売っただけじゃお千代の親父の借金は埋められなかったんだよ。てめえがお千代の幼馴染みだったら、幼馴染みの残した借金の穴埋めぐらいしたって罰は当たるめえ。おとなしくするんだ」

「理屈にあわないことというんじゃないよ。離せ。手を離せ」

男の手を振り払おうともがくお俊にかまわず、兄哥が帳場に坐る親方に腰を屈めていった。

「どうです、親方。なかなかの器量よしでしょう。買い付ける金高、気前よく、ぽん、とはずんでくださいな」

揉み手する兄哥に親方が、お俊を値踏みするように上から下まで、舐めるように見やった。三本、指を立てて親方がいった。

「買おう。三十両でどうだい」

「もう一声」

「しょうがないねえ。五両だけ上乗せするよ。それ以上は無理だ。びた一文出せねえよ」

腕を組んだ親方が口をへの字に結んだ。

「もう少し、といいたいところだが、そこらで手をうちやしょう」

一本〆《じめ》のつもりか兄哥が、一回、手を打った。

「裏の蔵へ放り込んどいておくれ。はねっかえりで手こずりそうだ。何かと娑婆《しゃば》を諦めさせるよう手厳しく教え込んでおくれな」

「それも代金の一部と心得ておりやす。蔵へ連れ込むぞ」

兄哥が弟分にむかって顎をしゃくった。

「聞いたとおりだ。てめえは、今日から、ここの抱え女だ。じたばたするんじゃねえ。来やがれ」

引きずろうと首に回した弟分の手にお俊が、いきなり嚙みついた。

「痛《いて》え。何しやがる」

耐えかねて手を離した隙をついて、お俊が弟分を突き放した。飛び離れて、お俊がわめいた。

「ふざけやがって、お俊姐《ねえ》さんを甘くみるんじゃないよ」

髪に差した平打ちの簪《かんざし》を抜いて身構えた。

「このあまっ、しゃらくせえ真似しやがって。ただじゃおかねえぞ」

兄哥が匕首《あいくち》を抜きはなった。弟分も合わせて抜きはなって、お俊に迫った。

じりっ、と後退ったお俊の肩を摑んだ手があった。

愕然と振り向いたお俊の眼が、大きく見開かれた。

「前原さん」

後ろに立っていたのは怪我のため長屋で床に伏しているはずの前原伝吉だった。表口に立っていた男衆が当身でも喰らったのか気を失って倒れている。

「つけてきたんですか」

問いかけたお俊に微笑みかけた前原が、

「出かけるときのお俊さんの顔つきが、いつもと違っていた。おそらく探索の任に就いたのだろうとおもってつけてきたのだ」

「前原さん、おまえさんって人は」

「後ろへ下がっていろ。話はおれがつける」

手でお俊の肩を押して後ろへいかせた前原が、ぐいと一歩前に出た。なぜか懐に手を突っ込んでいる。

「二本差しが出る幕じゃねえ。覚悟しな」

「死ね」

怒鳴るなり兄哥と弟分が突きかかってきた。

「手向かい、許さぬ」

一声発した前原が、懐から抜き出した十手で兄哥と弟分の匕首を持った手をしたたかに打ち据えた。

激痛に手を押さえたふたりが、

「しまった、御用の筋」

「隠密廻りか」

慌てて顔を見合わせた。

鋭い一瞥《いちべつ》を兄哥たちにくれた前原が親方を見据えた。

「かなりあくどい商いをやっているようだな。じっくりと話をきかせてもらうぞ。逆らえば、容赦はせぬ」

十手を左手に持ち替えた前原が大刀を引き抜いた。兄哥と弟分に突きつける。

兄哥と弟分が悲鳴をあげてへたりこんだ。帳場から飛び出て前原の前に両手をついた親方が額を床に擦《こす》りつけた。

「包み隠さず申し上げます。なにとぞ、お目こぼしを。この通りでございます」

顔だけ上げた親方が拝むように高々と両手を合わせた。


長崎町の喜浦屋の向かいの町家の陰に小幡はいた。鍋次がそばに控えている。平吉は裏口を張り込んでいた。

「旦那、喜浦屋の顔も知らねえんじゃ張り込みにならねえんじゃねえですか。出入りを見張ろうにも、どいつが喜浦屋か、わかりゃしねえ」

うむ、と小幡が首を捻った。

しばしの沈黙があった。

「旦那、どうなさったんで」

首を傾げたきり黙り込んだ小幡に焦《じ》れたのか鍋次が声をかけてきた。

顔を鍋次に向けた小幡が、

「御支配だったら、どうなさるかとおもってな」

「御支配さまだったら、どうですかねえ」

今度は鍋次が首を捻る番だった。

「多分、喜浦屋へ乗り込んでいかれて、主人に聞きたいことがある、とか何とか理由をおつけになって顔あらためをなさるんじゃないか、とおれはおもう」

ぽん、と手を打って鍋次が、

「たしかに。御支配さまは、あれでなかなか、悪戯心《いたずら》がおありですからね」

「悪戯心か」

「人を、あっ、と驚かせるようなことを平気でおやりになるじゃねえですか。悪戯っ子が誰も考えつかねえようなことを仕掛けるのと似てやしませんか」

「おれも、御支配を真似て悪戯っ子になるか。鍋次、行くぞ」

立ち上がった小幡に鍋次が問いかけた。

「どこへ、行かれるんで」

「喜浦屋だ」

歩きだした小幡に、

「旦那、そいつぁ、ちょっと乱暴すぎやしませんか」

ぼやきながら鍋次がつづいた。

同心詰所で壁に背をもたせかけ溝口は腕を組んで眼を閉じていた。

おざなり横丁から引き上げてくる錬蔵たちと仙台堀の河岸道で出合ったときのことを、繰り返し思い起こしている。あのときは、

(御支配から見捨てられた。おれは深川大番屋から追い出されるかもしれない)

と大いに恐れた。

(どこの大番屋が引き受けてくれるだろうか)

探ったが、引き受けてくれる大番屋などないような気がした。同心株を持っている以上、自ら職を辞さないかぎり同心職を失うことはない。

(北町奉行所へ呼び戻され、病人相手の養生所見廻りなど押しつけられるかもしれない)

病人相手のために胸の病などをうつされ病床に伏す同心も数多く出ている役職であった。

(それは、それでもいいではないか)

とも、おもう。

が、すぐに、

(おれは何のために同心になったのだ。死物狂いで剣の修行に励んだのは定町廻り同

心として悪人を捕らえるためではなかったのか）

とおのれに問いかける声が胸中から湧き出てくるのだ。

「おれは、命果てるまで探索の任にある同心でいたい」

無意識のうちに口に出していた。

ゆっくりと眼を見開いた。

（どんなことをしても八木を連れ戻さねばなるまい）

このまま八木が明日も無断で務めを休みつづけたら御支配の我慢も尽きるはず、との確信が溝口には、あった。

仙台堀沿いの道で、錬蔵の厳しい眼差しに威圧され、おもわず動きをとめたときに受けた衝撃を溝口は忘れられなかった。錬蔵がくれた一瞥のなかに、

〈ひとつの務めを成し遂げた〉

との誇りと得心を、溝口は感じとっていた。

いまでは、

〈溝口、おまえは、おのれのこころに、ひとつでも誇れるものを持っているのか〉

と問いかけ、叱責する錬蔵のおもいが、あの一瞥に込められていたような気さえしている。

「だから動けなくなったのだ」

独り言ちた溝口は脇に置いた大刀を摑んで立ち上がった。

行く先は鶩《あひる》の料理茶屋〈浮月〉であった。

二十間川に架かる蓬萊橋を渡って溝口は足を止めた。着流しの武士と町人が歩いていく。後ろ姿に見覚えがあった。町人が小脇に大判の風呂敷か、折り畳んだ布を抱え込んでいる。羽織のようにもおもえた。

武士と町人は、なぜか町家の外壁をつたうように歩いていく。

（尾行？）

そう推測したとき、その後ろ姿に、よく知っているふたりの後ろ姿が重なった。

（小幡と鍋次だ）

目線を走らせた溝口の眼がふたりの一町（約百九メートル）ほど先を行く一挺の町駕籠《かご》を捉えた。

（何のための探索）

幸いなことに溝口も小袖を着流しただけの忍び姿であった。

（どこへ行くか見極めよう）

町家の外壁沿いに身を置いた溝口は見え隠れに小幡と鍋次をつけはじめた。

町駕籠は、とある建家の前で止まった。駕籠舁《かき》が客の草履《ぞうり》を置き、垂れを上げる。なかから、でっぷりとした大店《おおだな》の主人風の男が降り立った。

前方の町家の陰で小幡と鍋次がその様子を見つめている。溝口の尾行には気づいていないようだった。

が、いまの溝口の眼には小幡と鍋次の姿は映っていなかった。溝口の眼は駕籠から降りた大店の主人風の男が入っていった建家に注がれていた。その建家の木戸門の門柱には、

〈料理茶屋　浮月〉

と記された柱行灯が明々と灯っていた。

二

喜浦屋が木戸門をくぐってなかに入った。町駕籠がそのまま、浮月の前に留まっている。喜浦屋が出てくるまで待つことになっているのだろう。顔を見合わせた小幡が

鍋次に、

「このまま喜浦屋が出てくるまで待つ。店に帰りつくのを見届けてから引き上げることにする」

「わかりやした。ところで平吉の奴、まだ、喜浦屋の裏口を見張っているんでしょうね。声をかけた方がよかったですかね」

「喜浦屋を尾行しなければならなかったのだ。声をかける暇はない。見失ったら、ことだ」

「たしかに、そのとおりで」

頭をかいて鍋次が首を竦《すく》めた。

ほどなくして別の駕籠が浮月の前で止まった。駕籠から大店の主人風の男が降り立った。小柄で小太りの、丸顔の男だった。駕籠昇に何事か言い置いて浮月に入っていった。ふたりの駕籠昇が喜浦屋を乗せてきた駕籠昇たちのそばに駕籠を寄せた。ことばを交わしているところをみると顔見知りなのかもしれない。

様子をうかがっていた小幡が鍋次に、

「見ろ」

と顎をしゃくった。指し示した方を鍋次がみて呆気にとられた顔つきとなった。

「ありゃ、どうみても平吉だ」

「あの駕籠をつけてきたのかもしれぬ。駕籠舁たちに気づかれぬよう平吉の後ろへ回って声をかけろ。ここへ連れてくるのだ」

「すぐ、いきやす」

鍋次が小幡に背中を向けた。

あわてて溝口は身を潜《ひそ》めていた町家の外壁に、ぴたりと身を寄せ、しゃがみこんだ。鍋次が溝口の方へやって来たからだった。鍋次がきょろきょろと周囲を見渡し溝口が隠れているところの前を通りすぎていった。溝口は鍋次の動きを眼で追った。鍋次が少し行った先の辻を左へ折れた。溝口は小幡に眼を移した。

緊張している様子が小幡の躰の動きから溝口につたわってくる。小幡が探索の任についていることはあきらかだった。このまま張り込みつづけるに違いなかった。

（いま浮月に踏み込んで八木を連れ出すことはできぬ）

二晩つづけて八木が浮月に泊まり込んでも、さほどの大事になるとは考えにくかった。ただ、無断で二日つづけて務めを休むとなると、事は違ってくる。

（何としても、それだけは避けさせねばなるまい。明日の朝早く八木を連れ出しに来

るしか手はないようだ）

張り込む小幡の様子からみて、深更まで引き上げる気はないようにおもわれた。

鞘番所へもどると決めた溝口は、町家の陰から足を踏み出そうとして動きを止めた。さっき曲がった辻から鍋次が出てきた。後から平吉が姿を現した。

再び溝口は身を低くして町家の外壁にぴたりと貼り付いた。

目の前を鍋次と平吉が通りすぎていく。

（なぜ平吉がいるのだ）

その理由を溝口は探った。

ややあって、溝口のなかで閃《ひらめ》くものがあった。

（あの駕籠だ。駕籠に乗ってやってきた、ふたりめの大店の主人らしき男をつけてきたに相違ない）

あらためて溝口は浮月を見やった。浮月へ入っていったふたりの男を鞘番所の同心とその下っ引きがつけている。

（小幡たちは御支配の指図のもとで動いている。そのことは、まず間違いない）

考えられることはただひとつ、

（浮月を舞台に何らかの悪事がすすめられているのだ）

それは、たしかなことのように溝口には、おもわれた。
不意に、八木の惚《ほう》けた、魂の抜け殻のような顔が脳裏に浮かんだ。
(こっそり毒薬でも服《の》まされたのでは、ないのか)
脈絡なく浮いた、突拍子もない考えだった。
おもいあたることが溝口にもあった。
お千代とはじめて睦み合った日のことだった。目覚めたとき、頭が重いと感じた。
お千代は、
「嬉しい。やっと旦那のものになれた」
といって抱きついてきた。溝口も、お千代も一糸まとわぬ姿だった。そのことが、
溝口に、
(酔って、おれは不謹慎にも定吉の位牌の前でお千代と交合《まぐわ》ったのだ)
とおもいこませ、太股を絡ませ肌を重ね合わせてくるお千代の誘いに負けて、半ば、
(どうとでもなれ)
という気になって、さらに挑んでいく羽目に陥ったのだった。
(まさか、あのとき、お千代が一芝居うったのでは。おれとお千代は、まだ情を交わ

していなかったのでは）

　そうおもった瞬間、

（頭が重かったのは眠り薬か、痺れ薬かを酒か肴《さかな》に混ぜて服まされたからではないのか）

　まず間違いあるまい、と溝口はおもった。

　そう推考していくと、お千代が牢の中で背中を向けて寝ていた無頼を見るなり、

「六造さん」

　と口走ったのも、渋る溝口を、

「六造さんは、定吉のことをくわしく知っているに違いない」

　と説き伏せ、牢屋へ連れて行かせたりしたことも詐謀《さぼう》がらみの、深い意味のあることのようにおもえてきた。

（八木が学塾の入塾代の工面をおれに持ちかけたことは、お千代にとって、まさしく渡りに船、の出来事だったのだ）

　頭のなかで、さまざまな憶測が交錯して溝口を錯乱させた。

（お千代は何かを企《たくら》んで、おれに近づいてきたのだ）

　そうおもうと悔しさが込み上げてきた。が、今朝方、お千代が、

「会いたくなったら、あたしが鞘番所に訪ねていくからさあ」

といい、溝口が、浮月に顔を出さないように仕向けたのは何のためだったか、と考えたりもする。

（お千代は、おれに何をさせようと目論《もくろ》んでいるのか）

惚れたふりをして溝口を誑《たら》し込もうとしていたのだ。そうおもった瞬間、強く打ち消すものが、溝口を襲った。

「涙だ」

おもわず溝口は声を発していた。

ひしと抱き合ったときのお千代の肌のぬくもりが溝口の躰に残っている。溝口は、

（お千代の、おれに対する恋慕に偽りはなかった）

と断じた。そう決めたとき、溝口を強く突き動かす予測が湧き上がった。

（おれが顔を出さねばお千代の身に何か起こるかもしれない）

刹那《せつな》……。

浮月に向かう、との衝動にかられて溝口は足を踏み出した。

が、溝口は、かろうじて、その動きを止めた。

（おれは深川大番屋の同心。それ以外の何者でもないのだ）

張り込んでいる小幡に眼を注いだ。

（探索の邪魔になってはならぬ。おれは浮月を探索せよ、と御支配から指図されてはおらぬ）

懐に溝口は手を差し入れた。

十手を取り出す。

溝口は手にした十手に凝然と見入った。

月明かりに十手が鈍く光った。

「おれは、深川大番屋の同心なのだ」

つぶやいて溝口は十手を懐に入れた。ちらり、と小幡を一瞥した溝口は、ゆっくりと踵《きびす》を返した。帰るべき城はただひとつ、深川鞘番所であった。


大番屋の用部屋に錬蔵はいた。向かい合って前原が、半歩後ろ、斜め脇にお俊が坐っている。

「そうか。お千代は五、六年ほど前に浪人に身請けされて局見世を出ていった、というのか。浪人に身請けされたお千代が、なぜ、いま、浮月の仲居頭におさまっているのか。その浪人が何者かわからぬ以上、探索の糸のたぐりようがないな」

眼を向けた錬蔵に前原が、

「いい加減な局見世で、主人に残っている証文をすべて探しださせて眼を通しましたが、身請けされた女にかかわる証文は一切、残っておりませんでした」

「身請けされ、金の成る木でなくなった女には何の用もないということだろう」

応えた錬蔵がお俊を見やった。

「危ない目にあわせてしまったな」

「探索に危険はつき物。斟酌《しんしやく》はご無用ですよ。それより、すっかりどじを踏んじまった。前原さんがつけてきてくれなかったら、どうなってたか、とおもうと、自分の馬鹿さ加減が身に染みて、いい薬になりました。もう少し、考えて動くようにしなきゃ、とつくづく思いしらされましたよ。前原さんに余計な気を使わせただけの、まったくの役立たずでしたね」

がらになく神妙なお俊の物言いであった。

「十分、役に立った」

応えた錬蔵に、

「ほんとですか」

身を乗りだしてお俊が聞いた。

「お千代を浪人が身請けした、とわかっただけでも大変なお手柄だ」

「嬉しいねえ、そういってもらえると。けどさ、このお手柄、前原さんと半分半分だね」

笑みを湛《たた》えてお俊が前原を見やった。

「そうだ。五分と五分。まさしくふたりでやったことだ」

応えた前原が錬蔵に向き直り、

「手柄、と仰有るからには御支配にはお千代を身請けした浪人に心当たりがおありになるので」

「ないこともない」

脳裏で錬蔵は残影の頭のことを思い浮かべていた。

（残影の頭は腰に大刀を帯びていた。なぜ大刀なのか）

答えは明白であった。

（残影の頭にとって長脇差より大刀のほうが使い勝手がいいからだ）

と錬蔵は判じていた。

お千代を身請けした浪人と残影の頭を結びつけることは、

〈ちと乱暴な推量〉

と評されるかもしれない。が、

（浪人が商人に稼業替えをしていることは、あり得ないことではない）

仲居頭として浮月に奉公しているお千代は、浮月の主人と、はっきりとつながっているのだ。

（次なる策は、おもいきった手立てをとらねばなるまい）

口を噤《つぐ》んだ錬蔵を前原とお俊が黙然と見つめている。

三

浮月の奥まった座敷で三人の男が話し合っていた。ひとりは浮月の主人、宗三郎であり、残るふたりは喜浦屋と後から駕籠で乗りつけた大店の主人風の、小柄で小太りの男だった。

どこかおかしげに感じられるのは三人の坐った場所のせいだろう。あろうことか上座にあるのは宗三郎だった。客であるはずの喜浦屋たちが、なぜか下座に坐って宗三郎と向かい合っている。客と接待にあたるべき見世の主人の立場があきらかに逆転していた。

「喜浦屋、慌てふためいて栃波屋《とちなみ》を呼び出したのは、いささか、お粗末な仕儀ではなかったのか」

「土屋《つちや》さまに、そう仰有られると喜浦屋、立つ瀬がありませぬ。いきなり深川鞘番所の同心に踏み込まれて『不審のかどがある。蔵の中など検《あらた》めたい』などと十手を突きつけられたら、仰天するのが当たり前ではございませんか」

「抜け荷の品は栃波屋の蔵に納められている。同心が調べ上げても何も出てこぬような仕組みができているではないか」

「しかし、抜け荷となれば廻船問屋のわたしめが真っ先に睨まれるのは当然のこと。その疑いを遠ざけるために、あらかじめ手を打ってあるのは承知しております。しかし、同心から、突然、十手を突きつけられるのは、あんまり、いい気持ではありませぬ」

土屋と呼ばれた宗三郎が小太りの商人に眼を向けた。

「栃波屋、つけられていたとはおもわぬか」

「それは」

と首を傾げた栃波屋が、

「駕籠でまいりましたゆえ、気づきませんでした。いま考えると気配りしておくべきでしたな」

「しばらく抜け荷の商いは休まねばなるまい」

「おもしろいほど儲かりましたものを、残念でございますな。ところで、土屋さま、いつごろ抜け荷の商いを、再開できますか」

「まだわからぬ。此度のように同心に踏み込まれることがないよう、いろいろと仕掛けねばならぬ」

「六年前、土屋さまが藩の御用金、五千両を奪われたときも数年がかりで準備を重ねられた、と喜浦屋さんから聞いておりますが」

「藩の重臣たちに裏金をばらまいて、大坂で蔵米を売った五千両を御用金として国元へ搬送する支配役の任に就くまで、苦労したわ。岩国《いわくに》藩六万石といっても藩主の吉川《きつかわ》監物《けんもつ》様は長州《ちょうしゅう》藩毛利《もうり》家三十六万九千石の家臣。剣術指南役とはいえ、おれは、しょせん陪臣《ばいしん》にすぎぬ。長州藩の藩士たちを含めても随一の剣の業前、岩国藩には過ぎた逸材ともてはやされても何の得もない。もっと、いいおもいをしたい、と企んで藩出入りの喜浦屋に話をもちかけ、『一か八か、命がけの勝負といきやしょう』との快諾《かいだく》を得たので御用金強奪の策謀を実行に移したのだ」

淡々とした口調で語った宗三郎に喜浦屋が応じた。

「あの五千両のお陰でわたしめも千石船を増やして商いを大きくのばすことが出来ました。土屋さまに賭けて一勝負した甲斐がございました」

「岩国川へ向かう山中で御用金搬送に付き従う藩士と人足十数名を皆殺しにすることは何の造作もない、と判じていたが、後の始末がな、ひとりではどうにもならなかった。喜浦屋が手配した無頼どもとともに山に穴を掘って骸《むくろ》を埋め、岩国川まで五千両を運んで喜浦屋の舟に積み込んだときは、おもわず、してやったり、とほくそ笑んだものよ」

「しかし、五千両を麻里府《まりふ》港に停泊する喜浦屋の持ち船の千石船に積み込んだ後、それまで仲間だった無頼どもを情け容赦なく斬り捨てられたのには、身の毛がよだちましたな。鬼神もかくや、というべき土屋さまの様相でした」

「いったん踏み出した餓鬼《がき》道、引くわけにはいかぬでな。鬼であることを貫き通しただけのことよ」

それまで話に聞き入っていた栃波屋が、

「土屋さまは、いま、再び、抜け荷のために鬼になられたわけですな」

「廻船問屋の喜浦屋が持ち船を使って抜け荷をする。それを諸国物産問屋の栃波屋、おまえが商い仲間を集めて南蛮渡来の品を競《せ》りにかける。仕組みもできたし、儲かることもわかったのでな、後は、何の心配もなく抜け荷の商いができるようにするための、かたちづくりを始めたところだ」

「何の心配もなく、抜け荷の商いをするためのかたちづくりとは」

鸚鵡返しした喜浦屋に宗三郎が、

「深川を抜け荷の本拠地にしようと企んでいるのだ。まず、おざなり横丁や彼岸横丁など、けいどうのときに岡場所の女たちを逃がすための拠点となる一帯を手中におさめる。逃がし屋の要害ともなっているところだ。これらを押さえれば逃がし屋一味の一角を崩すことになる。もう一押しでおざなり横丁と彼岸横丁は自由になる。逃がし屋一味としての動きもとれるということだ。抜け荷には好都合だとおもわぬか。おざなり横丁などを手に入れる目鼻がついたので次なる仕掛けにとりかかったところだ」

「次なる仕掛けとは」

興味を露わに栃波屋が聞いた。

「深川鞘番所を自由に操ろう、というのよ」

不敵な笑みを宗三郎が浮かべた。

「深川鞘番所を、でございますか」

「そんなことが、できるのでございますか」

呆気にとられた喜浦屋と栃波屋が、ほとんど同時に問いかけ、顔を見合わせた。

「同心たちをひとりずつ潰していく。支配役の大滝錬蔵は捕物上手と評判が高いが、ひとりでは何もできぬ道理。深川鞘番所の与力、同心たちは町奉行所で持て余した一癖ある厄介者が島流し同然に配されたと聞いている。それぞれが人並み外れた弱みを持っているとみるべき輩《やから》だ。その弱点をつけば、一年もすれば、ある程度の成果はあがるだろうよ」

「一年でございますか」

「それまで抜け荷商いを控えねばならぬとは、何やら損したような気がいたしますな」

再び、喜浦屋と栃波屋が顔を見合わせていった。

「数日のうちに最後の抜け荷の競りの市を開く。この競りで当分の間、抜け荷商いは休業だ。これからは、わずかなことにも警戒を怠らぬよう気を配るのだな」

厳しい宗三郎の物言いだった。

緊張した面持ちで喜浦屋と栃波屋が顎を引いた。

用部屋で、新たに求めてきた大刀を抜き放ち行灯《あんどん》の光を照り返す刀身に見入っていた錬蔵を、意外な人物が訪ねてきた。

「御支配、溝口です」

戸襖の向こうからかかった声に大刀を鞘におさめた錬蔵が、

「入れ」

と一声だけ発した。

戸襖を閉め、その傍らに坐ったままの溝口に、

「そこでは話が遠い。いつものようにおれと向かい合って坐れ。溝口、おまえは、れっきとした深川大番屋の同心なのだぞ」

「それでは、御支配は」

「いまは、何もいわぬ。すべて、おまえが考え、得心することだ」

「おことば、胆に銘じておきます」

膝行して錬蔵と向かい合った溝口が口を開いた。

「実は、浮月の主人、宗三郎について気になることがあります」

「話せ」

「商人にはふさわしくない竹刀胼胝《だこ》が。それも、並大抵の修行ではできぬほどの竹刀胼胝が、両手にあります」

「いまでも剣の錬磨を怠っていない。そうみえるのだな」

「如何様《いかさま》」

じっと錬蔵が溝口を見据えた。

はっ、とするほどの眼光の鋭さだった。

「六造が殺《や》られた」

「六造が。それではおざなり横丁の探索は不首尾に」

「不首尾のような、それなりの手がかりが得られたような、功罪相半《あいなか》ばす、といったところであろうか」

「功罪相半ばす、とは」

「おざなり横丁と彼岸横丁に乗り込んで、ふたつの横丁を我が物にしようと企む無頼どもを束ねる残影の頭、と出くわしたことよ。こ奴、人のこころを持たぬ奴でな」

「残影の頭が六造を斬ったのですな」

「そうだ。溝口、明日から、如何《いか》なる理由があろうと外で泊まることは許さぬ。見廻りに精を出し、今一度、おのれの務めの有り様を見つめることだ」

厳しい口調で錬蔵が告げた。

「心して務めます」

深々と溝口が頭を下げた。

「なぜ来ぬのだ」

居丈高に宗三郎がいった。

「務めの都合で今夜は来られぬ、と溝口の旦那がいわれました。あまり無理強いしてもまずいとおもいましたんで」

「誘わなかったというのか」

睨《ね》め付けた宗三郎からお千代は目を背けた。

お千代にあてがわれた浮月の座敷にふたりはいる。

「八木とかいう同心はお甲の手管で骨抜きになりかかっている。あまり急ぎすぎると、役立たずになる恐れがある、とお甲に意見したほどだ。どうしてだ。なぜ溝口は、骨抜きにならぬのだ。まさか、お千代、おれが命じたとおりにやっていないのではなかろうな」

蛇のような冷え切った宗三郎の目つきだった。

「それは、そんなことでは」

言いよどんだお千代の頬に、いきなり宗三郎の強烈な平手打ちが炸裂した。

呻いてお千代が横倒しに倒れた。

「明後日は例の競りを行うので同心を浮月に泊めるわけにはいかぬ。明夜、あらゆる手立てをつくして溝口を引っ張り込むのだ。急ぎ、八木同様の役立たずに仕立て上げるのだ」

倒れたお千代の髪を摑んで引き起こした宗三郎が、

「局見世から身請けしてもらった恩を忘れてはいまいな」

「だから、いわれるままに何でもやってきたじゃないか。たとえ悪いことだとわかっても、やってきたじゃないか」

苦痛に顔を歪《ゆが》めてお千代が喘いだ。

「これからも、いわれたとおりにするんだ。でないと六造のようになる」

驚愕にお千代が眼を見開いた。

「まさか六造さんを」

「その、まさかだ。役立たずには死んでもらうのが、おれの信条でな」

酷薄に宗三郎が薄ら笑った。

「いいな。溝口を一日も早く、おれのいいなりになるよう仕立て上げるのだ」

さらに強く引き抜かんばかりにお千代の髪を引っ張った。

あまりの激痛に悲鳴をあげながら、お千代があらんかぎりの力を振りしぼって何度も首を縦に振った。

深川鞘番所の用部屋では安次郎と三五郎が錬蔵と向き合って座している。

鞘番所の表門の前でなかを覗き込んでいる三五郎を見かけて、安次郎が声をかけた。聞けば溝口をつけているうちに夜も更けてきて錬蔵を訪ねていいものかどうか迷っていた、という。

「それで連れてきやした」

そういって安次郎が錬蔵に頭を下げた。三五郎も申し訳なさそうに安次郎にならった。

「つけていった溝口の動きを聞かせてくれ」

問うた錬蔵に三五郎が小さく顎を引いて話し出した。

「浮月からもどってきた旦那は、陽が落ちてから、ほどなくして着流しの忍び姿で鞘番所から出てこられました。行かれた先は鶩《あひる》の浮月で。しかし、そこからが、ちょっと妙な具合でして」

「浮月に入らなかったのか」

「そうなんで。いきなり町家の陰に隠れて動かなくなられたんで。それで浮月の方を見やると、やはり町家の陰に潜んで、着流しの若いお武家と町人のふたりづれが浮月を見張っている。このふたりは多分、溝口の旦那のお知り合いだとおもって見ていやすと、ふたつ目の駕籠が着いてまもなく町人がどこかへ出向いていって、別の町人を連れてふたりで帰ってきた」

横から安次郎が口をはさんだ。

「旦那、三五郎が見た若い武士と町人ふたりは、小幡さんと下っ引きの鍋次と平吉ですぜ。まず間違いねえ」

「そうかもしれぬな」

応じて錬蔵は黙り込んだ。

（なぜ、突然、溝口が用部屋にやって来たのか）

その理由《わけ》が読み取れた、とおもったからだ。溝口は小幡が錬蔵の指図を受けて動いていると推考し、

（御支配は浮月に疑念を抱かれている）

と察して、小幡に声をかけることなく浮月の前から引き上げてきて錬蔵の用部屋にやって来たのだろう。

「疲れているだろう。長屋に泊まっていってもよいぞ」

と声をかけた錬蔵に三五郎は、

「浮月の前の富造さんたちが張り込んでいるところにもどりやす。引き継ぎがありますんで」

といって引き上げていった。

鞘番所のなかは不案内の三五郎を表門まで見送って再び用部屋へ姿を現した安次郎に、錬蔵は買ってきた長脇差を手渡した。

「ありがてえ。これは使い勝手がよさそうだ」

長脇差を抜いてかざした安次郎は満足げな声をあげた。

「その長脇差は、おれからの贈り物だ」

と錬蔵がいうと相好《そうごう》を崩して、

「おことばに甘えやす」

と頭を下げ長脇差を鞘に納めた。

「出回っている南蛮渡来の品についての調べはすすんでいるか」

問うた錬蔵に安次郎が、

「藤右衛門親方の話だと、芸者に品物をやった旦那衆のひとりから手に入れた経緯を聞いたそうで」

「どこから手に入れた、というのだ」

「それが競りで買った、というだけで、後は御禁制の品だ、下手に喋ると御役人に捕まっちまう。口が裂けてもいえないよ、と逃げられたそうで」

「競り、か。その競りがどこで行われているのか、いまのところ突き止める手立てはなさそうだな」

「藤右衛門親方も、それ以上のことは聞けない、何せ相手は大事なお客さまだからね、と仰有ってました」

うむ、とうなずいた錬蔵が安次郎に告げた。

「小幡が、まだもどっておらぬ。三五郎から聞いた話から推量して、小幡の調べはかなりすすんでいるような気がしてならぬ。帰るまで用部屋で待つつもりだ」

「それまでお付き合いいたしやす。もっともお邪魔でなかったらの話ですけどね」

笑みを含んで安次郎がいった。

四

日付が変わる刻限に小幡と平吉が鞘番所に帰ってきた。喜浦屋をつけていった鍋次はすでにもどって同心詰所にいた。鍋次から、

「喜浦屋は長崎町の店にもどりました。駕籠から降りて店の中へ入っていくのを、この眼でちゃんと見届けてきました」

と復申を受けた小幡は急ぎ錬蔵の用部屋へ向かった。

「深更になっても用部屋で待つ」

と錬蔵からいわれている。小幡は平吉とともに栃波屋の乗った駕籠をつけて神田佐久間町の神田川沿いの通りに面した店まで尾行した。住み込みの手代に迎えられ栃波屋が店に入っていったのを見極めて小幡は引き上げてきたのだった。

用部屋へ出向いた小幡は錬蔵に声をかけた。

「待っていた」

との声に戸襖をあけて入ると、錬蔵と安次郎が向き合っていた。小幡を見やったふたりの顔に緊迫したものがみえた。探索の段取りを打ち合わせていたのだろう。一件

が大詰めにさしかかっていることを小幡も、ひしひしと感じとっていた。

膝行して斜め後ろに下がって安次郎が小幡に座を譲った。坐るなり小幡が錬蔵に話しかけた。

「喜浦屋に乗り込みました」

「乗り込んだ」

唐突な小幡の物言いに錬蔵は鸚鵡返しした。

「喜浦屋の顔も知らないのに張り込んでいても何の働きも出来ない。何とかして喜浦屋の顔を見る手立てはないか、と思案しました。よい手立ても浮かばないまま、御支配なら、どうなされるか考えました。おそらく、こうなさるだろう、という手がみつかりました」

「どうしたのだ」

「十手をふりかざして乗り込み、不審のかどがある。主人から話を聞きたい、と番頭を問い詰めれば、必ず主人が出てくるに違いない、とおもいました」

「考えついた、おれらしい手立てというのか、それが」

微かに苦笑いを浮かべて、ちらり、と錬蔵が安次郎を見やった。安次郎が下を向いている。おそらく笑いを嚙み殺しているのだろう。

「その策が、ずばり的中しました」

「的中した、とな」

緊迫したものが錬蔵の問いかけに含まれていた。安次郎も小幡を見やった。小幡がつづけた。

「乗り込んだら慌てた様子で喜浦屋が出てきました。さまざまな悪い噂が耳に入ってくる。とりあえず蔵の中をあらためさせてくれ、というと渋々、先に立って蔵へ行き中を見せてくれました」

「何も、出てこなかったのだな」

「疑わしい品は何一つありませんでした。が、それから後、喜浦屋がとった動きが胡《う》乱《ろん》なものでした」

「胡乱な動きとは」

問うた錬蔵に、

「陽が落ちてからやってきた一挺の町駕籠に喜浦屋が番頭や手代たちに見送られて乗り込みました」

「つけたのだな」

「羽織っていると目立つとおもい巻羽織を脱ぎ、見え隠れに後を追いました」

「巻羽織を脱ぐ。尾行は隠密裡の動きだ。よく気がついたな」

ことばをかけた錬蔵に照れたように微笑んだ小幡が、

「やっと探索に慣れてきたのかもしれません。まだまだ修行が足りません」

と殊勝なことをいった。

「それで喜浦屋はどこへいったのだ」

「鶯にある〈料理茶屋　浮月〉です」

ちらり、と錬蔵は安次郎に目線を走らせた。ふたりの眼が、

（溝口をつけていった三五郎が見かけたのは、やはり小幡たちだった）

と言い合っていた。

さらに小幡はことばを継いだ。

「出かける前に喜浦屋は封書をしたため、手代にもたせて裏口から出かけさせていました。裏口に張り込ませていた平吉が、その手代の後をつけました」

「手代はどこへ向かったのだ」

「神田川沿いの河岸道に面した諸国物産問屋の栃波屋です」

「諸国物産問屋の栃波屋だと」

抜け荷の品は栃波屋の蔵の中に蔵されているかもしれない、と錬蔵は推量した。

身を乗りだすようにして小幡がつづけた。

「驚いたことに、この栃波屋の乗った駕籠をつけて平吉が浮月に現れたのです」

「栃波屋も浮月に来たのか。出てきたとき、ふたりは一緒だったのか」

問うた錬蔵に小幡が、

「肩をならべて親しげに話しながら出てきました。料理茶屋に遊びに来たのに喜浦屋にも栃波屋にも、酒に酔ったような様子はありませんでした」

「遊びに来たような浮かれた様相がみえなかった。そういうことだな」

「如何様」

問いかけた錬蔵に小幡が短く応えた。

虚空を見据えて錬蔵が黙った。

わずかの間があった。

「小幡、長屋へもどったら松倉へつたえよ。明日から見廻りはせずともよい。喜浦屋を張り込め、とな。それと鍋次を松倉につけてやるがよい。松倉は喜浦屋の顔を知らぬ。小幡は栃波屋を張り込め。喜浦屋には顔を知られているからな」

「承知しました。松倉さんと下っ引きをひとり、貸しあうようにします」

「そうしてくれ」

顔を安次郎に向けて、いった。

「明日、明六つ（午前六時）前に出かけることになる。人質を取られたままではまずいからな。そのつもりで支度してくれ」

「わかりやした」

あえて、どこへ、と安次郎は聞かなかった。小幡には八木が浮月に泊まり込んでいる、とはつたえていなかった。八木の面子《めんつ》にもかかわることであった。配下を気づかう錬蔵の優しさを、あらためて安次郎は感じとっていた。

翌日、明六つを告げる時の鐘が鳴り終わる頃には、錬蔵と安次郎は浮月の前にいた。ふたりの姿をみかけて、張り込んでいた町家の陰から姿を現そうとした富造を、顔を横に振って錬蔵が制した。

その動きの意味を察したのか富造がもといたところに姿を隠した。

浮月の木戸門は固く閉ざされていた。裏戸へつづく人ひとり通れる程度の通抜《とおりぬけ》が木戸門からつらなる板塀の脇に設けられていた。錬蔵と安次郎は裏口へ向かうべく通抜へ足を踏み入れた。

裏口にあたる片扉の檜皮葺《ひわだぶき》門の戸を叩いて安次郎が呼ばわった。

「深川大番屋の者だ。御用の筋だぜ。開けてくんな」

さらに激しく扉を叩いた。そんな安次郎を錬蔵がじっと見つめている。

「起きて。起きてくださいよ、旦那」

呼び出されて出ていったお甲が小走りにもどってきて、座敷に入るなり八木の躰にかけた夜具を引き剝《は》がした。

「何だ。寒いじゃないか」

夜具のなかの八木はすっ裸だった。震えながら半身を起こした八木が剝がされた夜具を躰にまきつけた。

「お迎えですよ。お迎えが来たんですよ」

「お迎え？　迎えに来る者などおれには、おらぬ」

まだ眠気のさめやらぬ焦点の定まらぬ眼で八木がつぶやいた。まだ酔っているのか呂律《ろれつ》が回っていなかった。

「何を愚図愚図いってるんですよ。安次郎さんて方が裏戸を叩かれて応対に出た男衆に、『深川大番屋御支配直々のお出ましだ。無断で務めを休んだ不届き者を連れに来た。八木の旦那に出てくるようにつたえろ』とそれは凄い剣幕だそうで。早く支度をしてくださいな」

お甲がそそくさと八木の下帯や着物を揃えて八木の脇に置いた。

「早く立っておくんなさいよ。下帯をつけてさしあげますからね」

「あ、頼む」

立ち上がった八木にお甲が下帯をつけはじめた。ぼんやりと突っ立ったまま八木は動こうともしなかった。いきなり、鼻をひくつかせた八木が躰を震わせるや大きくくしゃみをした。

ぼんやりとした顔つきで八木が歩いていく。その前に錬蔵が、八木の後ろに安次郎がつづいていた。ふたりに挟み込まれた八木は、腰縄こそつけられていないが、どうみても、深川鞘番所へ引っ立てられていく科人としか見えなかった。

浅く腰を屈め数人の男衆と共に木戸門の前に立って見送る宗三郎が、凝然と錬蔵たちを見据えている。

五

深川大番屋にもどった錬蔵は同心詰所の前で八木を振り向いて告げた。

「なぜ無断で務めを休んだ。事と次第によっては同心詰所に入ること、許さぬ」

「躰が、躰がいうことを聞かぬのです。頭がぼんやりして心ノ臓の動悸が激しくなって息苦しくなるのです。だから務めなど、とても無理なのです。躰を休めないと、いけない。立っているだけでも疲れて、とてもだるいのです」

虚《うつ》ろな眼差しを揺らした八木を錬蔵が鋭く見つめた。

「まだ眠気が醒《さ》めていないようだな。眼をさまさせてやる」

顔を向けることなく命じた。

「安次郎、木刀を二本、持ってこい。同心詰所にあるはずだ」

「わかりやした」

同心詰所へ向かった安次郎の足が止まった。見廻りに出かける支度をととのえた溝口がふたりの下っ引きをしたがえて同心詰所から出てきたからだ。

厳しい顔の錬蔵と八木に気づいた溝口が、

「御支配、八木」

と声をあげ、歩み寄ろうとした。

「溝口、早く見廻りに出向け。八木の始末はおれがつける」

きっぱりと言い放った錬蔵に気圧《けお》されて溝口が立ち止まった。

そのまま、金縛《かなしば》りにあったかのように立ち尽くした。

再び、錬蔵の叱責がとんだ。

「何をしている、溝口。早く出かけぬか」

「ただ今」

顎を引いた溝口が下っ引きたちに、

「行くぞ」

と声をかけた。錬蔵たちの脇を通り過ぎるとき溝口が、ちらり、と八木に眼を向けた。

半ば惚《ほう》けたように口を半開きにした八木は、焦点の定まらぬ眼を宙にさ迷わせるだけで溝口を見向こうともしなかった。

歩き去る溝口を横目にみて安次郎が同心詰所へ入り、二本の木刀を手にして出てきた。

近寄って木刀を手渡しながら八木を盗み見て、

「旦那。八木さん、ほんとうに気分が悪そうですぜ。手加減しないと何かとまずいことになりゃしませんかね」

「わかっている」

と応えた錬蔵が手にした木刀の一本を八木の眼前に突き出した。

「とれ。緩みきったこころを叩き直してやる」

木刀を手にして八木が大きく溜息をついた。

「どうしてもやらなければならないのですか。躰がだるくて、どうにもならないほど息苦しいのですが」

「同心は剣の錬磨を怠ってはならぬ。剣の修行をする気がない者は探索で斬り合いになったとき命を落とす恐れが高くなる」

「死にたくなかったら、辞めろ、といわれるのですか」

「辞めるもつづけるも八木、おまえの勝手だ。務めに身が入らぬ者は深川大番屋にはいらぬ。そう年番与力殿に申し出るだけだ」

「剣の錬磨に励めばいいのですね。剣の鍛錬さえ積めば、深川大番屋にこのままいることができる。そうですね」

黙然と錬蔵は木刀を正眼に置いた。

後退った八木が木刀を構えた。

「来い」

声をかけた錬蔵に悲鳴のような気合いをかけて八木が打ってかかった。受けた錬蔵が軽くいなして肘で八木の胸を突いた。

派手に咳き込みながら八木がよろけた。懸命に踏みとどまって、ぜえぜえと肩で息をしながら錬蔵を睨みつけた。顔色が真っ青だった。竦んだまま動こうともしなかった。

「どうした。うちかかって来い」

一歩、錬蔵が間合いを詰めた。

恐怖に躰を竦めて八木が数歩、後退った。錬蔵が一歩、迫ると、八木が、さらに数歩、後退った。数度、同じ動きが繰り返された。

「たわけ。戦う気力も失せたか」

裂帛《れっぱく》の気合いを発して錬蔵が打ち込んだ。打ち込む勢いを錬蔵が手加減しているのは安次郎にも、はっきりとわかった。

三度、四度とふたりは木刀を打ち合わせた。

五度目の打ち込みの後、飛び離れた八木が大きく咳き込み胸を押さえて倒れ込んだ。

「苦しい。息が、出来ない」

木刀を投げ捨てて八木が胸を押さえてのたうった。

駆け寄った安次郎が片膝をついて八木をのぞきこんだ。

「旦那、八木さんの様子がおかしいですぜ」

顔を錬蔵に向けた。

じっと見つめていた錬蔵が、

「安次郎、村居幸庵先生を呼んでくるのだ。おれは八木の咳がおさまったら小者の手を借りて牢へ運び込む」

「牢に運ぶんですかい」

「そうだ。周りに何もない牢の方が何かといいとおもう。苦し紛《まぎ》れに何を為すかわからぬ。近くに刀など人を傷つけることができる品があれば自分で自分を傷つけることもあるとおもう」

「わかりやした。村居先生を牢屋へ連れていきます」

尻端折りして安次郎が走り出した。

牢のなかに夜具がのべられ八木が横たわっていた。診断を終えた村居幸庵が夜具の傍らに坐った錬蔵と安次郎に眼を向けた。

口を半開きにして眼を閉じた八木が苦しげに喉を鳴らして息をしている。

「心ノ臓が、かなり弱っていますな。八木さんは昔から心ノ臓が弱かったのですか」

問うた村居幸庵に錬蔵が応えた。

「数日前までは元気なものでした。二晩ほど長屋を留守にして他所《よそ》で泊まった。務めに支障をきたさなければ外泊など咎め立てする気はありませんでした。が、無断で務めを休んだとなると、問題にせざるを得ません。今朝方、外泊先に出向いて連れ戻してきたのですが、そのときは、すでに、いまのような有り様で」

「突然、こうなったとすれば、何らかの作用が外から加えられた、と考えるしかありませぬな」

「何らかの作用が外から加えられた、とは」

「あくまでも推測にすぎませぬが、阿片をわずかな間に多量、使ったとすれば、このような症状が現れるのではないかとおもわれます。一度に大量の阿片を服《の》むと死に至る、と聞いております。また常用すれば中毒になり阿片なしには過ごせなくなります。中毒がひどくなると阿片を手に入れるために命がけの危険もおかす、といわれております」

「中毒がひどくなると阿片を手に入れるためには命がけの危険もおかすのですな」

刹那……。

荒れ狂う江戸湾に小舟で漕ぎ出す定吉と仲間の姿が錬蔵の脳裏にくっきりと浮かび上がった。

（定吉の阿片中毒がすすんでいたとしたら、阿片を手に入れるために嵐の海へ舟で乗りだす、切羽詰まった理由《わけ》を十分すぎるほど持ち合わせていたことになる）

喜浦屋の千石船に定吉たちは抜け荷の品を受け取りにいこうとしていたのだ。抜け荷の品のなかに阿片も含まれていた。そう考えると、すべての辻褄《つじつま》があってくるのだ。

うむ、と錬蔵はひとりうなずいた。おのれの推量が、

（当たらずといえども遠からず）

との強いおもいが湧いていた。

「いま少し、阿片の中毒についてお聞きしたいのですが」

問いかけた錬蔵に村居幸庵が、

「先日申し上げた通り、わたしも知り合いの蘭法医に教えを乞うた身、詳しくはわからぬが知ってる限りのことはお話ししましょう」

「是非、お願い申す」

頭を下げた錬蔵に、それまで口をはさむことなく、ふたりの話に聞き入っていた安次郎がならった。

見廻りに出たものの溝口のこころは乱れきっていた。まるで魂が抜けたような、あんな無気力な八木の姿を見たのは初めてだった。

何よりも溝口を驚かしたのは浮月にいるはずの八木が深川大番屋の同心詰所の前にいたことだった。

(御支配と安次郎が八木のそばにいた)

そのことが何を意味するか、溝口は探った。考えられることはただひとつ、

(御支配が安次郎とともに浮月へ八木を迎えにいった)

ということであった。

(八木が浮月にいることを御支配はどうやって突き止めたのか)

思案を重ねた溝口は、

（おれと八木は御支配の意を受けた誰かに見張られていたのだ）

との結論に達した。溝口と八木に何らかの疑念を抱かないかぎり尾行をつけるはずがない。疑念の因、は何なのか。溝口は、さらに考えつづけた。見廻りなど上の空だった。ただ歩いて町の景色が変わっていく。三十三間堂町にさしかかり、おざなり横丁が間近に迫ったとき、溝口のなかで閃《ひらめ》くものがあった。

（お千代か。御支配はお千代の動きに不審なものを感じとられたのだ）

そう推断したとき、溝口に新たな不安が生まれた。

（お千代が危ない）

確信に近いおもいだった。

浮月でお甲の色仕掛けに嵌《は》められ、正気の失せる効能のある毒薬でも服まされたと考えると、同心詰所の前で見た八木の腑抜けた様相は理解できた。

（お千代はおれに、お甲が八木に与えた薬を服ませなかったのだ。そのことを宗三郎に知られたら、お千代はどうなる）

会いたくなったら深川鞘番所へ押しかける、とお千代がいった、そのことばの意味を、いま、はじめて溝口は覚った。

（今夜、浮月に出向き、お千代を連れ出す手立てを探る）

見廻りながら溝口はそのことだけを考えつづけた。お千代をひそかに連れ出す手立てを思いつかぬまま時だけが流れ、やがて、陽が西空に沈んで夜となった。

「急ぎの用ができた。今日はここで別れよう。明朝、同心詰所で落ち合おう」

永居橋のたもとで溝口は下っ引きたちに、そう告げた。

「見廻りに出かける刻限になったら、あっしたちだけで出かける。そういう段取りですかい」

下っ引きの兄貴分が聞いてきた。

「ともに見廻る。遅れることがあるかもしれぬが、おれが来るまで待て」

「わかりやした」

「そうしやす」

ふたりが浅く腰を屈めた。

浮月にやってきた溝口を宗三郎が愛想笑いを浮かべて腰低く迎えた。

いつものお千代にあてがわれた部屋へ溝口を案内した宗三郎は、

「今夜もお千代は休ませます。ただいま呼んで参りますので、お千代を相手にのんびりとお過ごしください」

といって出ていった。

ほどなくお千代が部屋に入ってきた。戸襖を閉めるなり溝口に駆け寄り、ひしと抱きついた。肩に手をまわし抱きしめた溝口の耳元で、お千代がささやいた。

「廊下で聞き耳をたてて様子を探っています。このままでいて」

「様子を探っている、だと。宗三郎が、か」

「命じられた男衆かも、しれない」

さらに問いかけようとした溝口の唇にお千代が唇を重ねた。そのまま横倒しになる。

唇を離して、お千代が喘いだ。

「旦那、あたしは、あたしは」

「お千代」

再び強く抱き合ったふたりに戸襖の外から宗三郎の声がかかった。

「酒と肴をお運びしました。今宵のお客さまのために仕込んであった美味でございます」

躰を離し半身を起こして溝口が応じた。

「いつもながらのもてなし、ありがたく馳走になるぞ」

戸襖を開けて宗三郎が顔をのぞかせた。お千代に顔を向けた。乱れた裾をお千代が直した。

「これはこれは、とんだ野暮な真似をしてしまったようですな。酒と肴は、戸襖の近くに置いておきます。遊びの興を増すものも今晩は用意しております。存分にお楽しみください」

男衆が部屋に入ってきて肴を盛った高足膳と徳利を載せた膳を戸襖の近くに置いた。さいごに宗三郎が大きめの煙草盆を膳の傍らに置いた。

「お千代、用意したお楽しみのもの、無駄にするんじゃないよ」

と笑いかけ、

「それでは、これにて」

と廊下へ出て宗三郎が頭を下げ戸襖を閉めた。

置かれた煙草盆をお千代がじっと見つめている。

用部屋に錬蔵はいる。

「いつ八木さんの容体に変化があるかわかりませぬ。おそらく阿片を大量に服んだことが躰に変調をきたした原因。安静にして阿片が躰から抜けるのを待つしかありませぬ」

　そういって村居幸庵が帰って行った。

　八木には前原が牢の外で付き添っている。

「横たわったままで時折、寝息をたてている」

　とさっき前原が知らせに来たばかりであった。

　いま、錬蔵の前には政吉が控えていた。政吉と岩助には、まだ浮月を見張らせている。溝口が浮月にやって来たことを政吉は知らせに来たのだった。

「溝口が浮月に現れたというのか」

「それが、いつもと違って難しい顔つきをしておられました。色女に会いに来た、浮ついた様子とはかけ離れたものでして、何か、こう、思い詰めたような」

　首を傾げた政吉に、

「難しい、思い詰めた顔つきをしていた、というのか、溝口は」

　そういって錬蔵は口を噤《つぐ》んだ。

　昨夜、用部屋へ顔を出したことで、

(これで溝口のこころの迷いは消えるだろう)

　と推断した錬蔵だった。

が、その考えが甘かったことを、あらためて思いしらされている。

（成り行きにまかせるしかあるまい）

半ば諦めに似たものが錬蔵のなかに生まれていた。

顔を向けると錬蔵のことばを待つ政吉が、そこにいた。

「御苦労だった。浮月の張り込みをつづけてくれ」

「手抜かりなく、つづけやす」

顎を引いて政吉が応えた。


煙草の煙で座敷のなかが煙っている。煙管《キセル》に煙草を詰めて一口吸い、そのまま煙管を煙草盆に置いたままにしているのだが、それでも何か息苦しいような、時折、心ノ臓が強く脈打つような躰の異変を溝口は感じていた。

「この煙草には阿片とかいう、よくない薬がまぜてあります。あたしが吸います」

と耳元でお千代がいい溝口に吸わせないようにして火付けのために一口だけ吸うのだが、度重なるうちに突然、小刻みに痙攣《けいれん》したり、息づかいが激しくなったりする。

つねに溝口は外の気配をうかがっていた。戸襖の向こうに人の気配を感じる。

（これではお千代を連れて逃げ出すことは、とても無理だ）

と溝口は判じた。おそらく戸襖の隙間から煙草の煙が漏れ出ているはずであった。その煙をみて、お千代にすすめられ溝口は煙草を吸っている、とおもうはずだった。

「お千代、眠るとき以外は睦み合うのだ。交合《まぐわ》っている間は煙草は吸えない。一晩中、ひたすら睦み合う。それしか阿片の毒から逃れる手立てはないぞ」

そう小声でいって溝口はお千代に挑みかかった。お千代は、いつも以上に躰が感じやすくなっているのか激しく身悶え、叫び声に近いほど高く歓喜の声をあげつづけた。

へとへとになるまで溝口はお千代を責めつづけた。ぐったりとして寝入り、目覚めてはお千代と交合う。何度か繰り返すうちに、白々と夜が明けそめてきた。

明六つ（午前六時）を告げる時の鐘の音で溝口は目覚めた。隣りを見るとお千代が安らかな寝息をたてていた。お千代の唇に溝口は唇を重ねた。息苦しさに呻いて目覚めたお千代に溝口は、

「帰る」

と告げた。

朝靄が立ち籠めている。浮月の木戸門の前に立ってお千代が溝口を見送っていた。

去りゆく溝口の姿が靄の中に吸い込まれて消えた。

「行っちまった」

ぽつり、つぶやき肩を落として振り向いたお千代の眼が驚愕に大きく見開かれた。目の前に冷ややかな薄ら笑いを浮かべた宗三郎が立っていた。

「お千代、昨夜は上出来だったよ。今夜は競りがあるので仕掛けは止めるが明日の晩から、また溝口を誘い込むんだ。阿片づけにして、いいなりに動く木偶《でく》の坊に造り替えるのだ。わかったな」

目を背けて、お千代が小さくうなずいた。

深川鞘番所へ向かう道すがら、溝口は夜具のなかで抱き合ったまま、お千代が小声で繰り返したことばを思い起こしていた。

「明日の晩は大事な宴があるんだ。遊び人の大店の主人たちが寄り集まる。浮月は貸し切りになる。宴に来る商人以外、誰も見世にいれないのさ。だから来ちゃいけない。明晩だけじゃない。あたしが会いに行くから浮月に来ちゃいけない」

浮月に来るな、とお千代がいう理由《わけ》は阿片を吸わせないためだろう、と溝口はおもった。

が、溝口が浮月に顔を出さなくなったときにお千代がどんな目にあうか。それが気がかりとなっていた。

(どうすればいいのだ)

揺れ動くこころを持て余しながら溝口は歩きつづけた。


用部屋へ入るべく廊下をすすんできた錬蔵は、足を止めた。

用部屋の前に座している同心がいた。

溝口だった。

歩み寄った錬蔵が声をかけた。

「どうした」

振り向いた溝口が口を開いた。

「浮月で今夜、大事な宴が催されるとお千代が小声で教えてくれました。宴に来る客以外、誰も見世に入れぬ、とのことです」

「大事な宴が催される。宴に来る客以外は見世に入れぬ、とお千代が告げたのか」

問い直した錬蔵に溝口が、

「そうです。私にはくわしいことはわかりません。ただ、一刻も早く御支配に知らせたほうがいい。そんな気がしたので、ここでお待ち申しておりました」

「話は聞いた。溝口、今日は見廻りに出なくともよい。同心詰所にいて、おれの指図を待て」

「それは、どういう」

「おれの指図を待て、というのだ。下がってよい」

戸襖に錬蔵が手をかけて開けた。入って、後ろ手に閉める。溝口に一言もことばをかけなかった。

閉められた戸襖の前で溝口は動こうとしなかった。ただ凝然と戸襖を見つめていた。

文机の前に坐った錬蔵は静かに目を閉じた。腕を組む。溝口がお千代から聞いてきた、

「大事な宴が催される。宴に来る客以外は見世に入れぬ」

との、ことばが気になっていた。

(大事な宴とは抜け荷の競りではないのか)

そう思いいたったとき、錬蔵は筆に手をのばしていた。

押し込むとなれば、八木が役に立たないのはあきらかだった。浮月の主人、宗三郎が残影の頭だと決めつけるには調べが足りなかった。もし、錬蔵の睨んだとおり宗三郎が残影の頭だと仮定したら、おざなり横丁と彼岸横丁に巣くう残影の頭の手下たちが目立たぬように浮月の周りを固めているはずであった。

下っ引き、小者たちを含めても深川大番屋の手勢は二十人弱といったところだった。が、なかには武術の腕が未熟な者もいる。

（役にたつのは十人ほどとみるべきであろう）

そう錬蔵は推考していた。

助っ人が必要なのはあきらかだった。頼む相手はただひとり、

〈深川の平穏を守る〉

との信条をともに持つ河水の藤右衛門であった。河水の藤右衛門に助っ人を出してもらうよう頼むべく錬蔵は巻紙を手に取った。筆を走らせ、

〈使いの者を走らせるゆえ、助っ人の御手配、よろしくお頼み申す。おそらく捕物は今夜、と見込みをつけ候《そうろう》〉

と書き記していった。

まもなく八木の容体を見にいった安次郎が用部屋に顔を出すはずであった。錬蔵

は、安次郎に書付をもたせ藤右衛門のところへ使いにいかせる、と決めていた。

その日は、ただ待つだけの長い一日となった。

用部屋で座した錬蔵の前には河水の藤右衛門から託された、

「腕に覚えの者、十数人、すぐさま手配りいたします」

との書付を携えてもどってきた安次郎と前原が控えている。

さきほど往診に来た村居幸庵から、

「八木さんの容体は回復に向かっている。が、まだ数日の安静は必要だろう」

と聞かされていた。

八つ（午後二時）を告げる時の鐘が鳴り響いている。おそらく入江町の鐘の音であろう。

錬蔵はもちろん、安次郎や前原も、一言もことばを発しようとはしなかった。

重苦しい空気がその場に澱《よど》んでいる。

と……。

廊下を走ってくる足音が響いた。

「知らせだ」

立ち上がった安次郎が戸襖を開いた。

開いたばかりの戸襖から用部屋へ、躰を丸めた鍋次が息を切らせて飛び込んできた。

「動いたか」

問いかけた錬蔵に唾《つば》を呑み込んで呼吸をととのえた鍋次が声高に告げた。

「栃波屋が、神田川の岸辺に着けた舟に荷を積み込みやした」

うむ、と大きくうなずいた錬蔵が、

「安次郎、藤右衛門に助っ人の支度をととのえてくれ、とつたえに河水楼へ走れ。前原は浮月へ向かい、張り込む富造か政吉に合流しろ。浮月に荷が運び込まれるかもしれぬ。運び込まれたら深川大番屋まで、三五郎か岩助を知らせに走らせるようつたえよ」

「私は、浮月を張り込んで御支配の到着を待てばよろしいのですな」

問うた前原に、

「そうだ。安次郎は一度、大番屋にもどれ。浮月に押し込む刻限を知らせに、今一度、河水楼へ走ってもらわねばならぬ」

「承知」

「それじゃ、出かけやす」

同時に前原と安次郎が立ち上がって用部屋から出ていった。

後に鍋次が残された。鍋次が、おずおずと錬蔵に聞いた。

「御支配さま、あっしゃ、どうすればいいので」

「おれの使いを頼むかもしれぬ。用部屋でおれと差し向かいでは何かと堅苦しいだろう。門番所で待っていてくれ」

「わかりやした」

ほっとしたように鍋次が笑みを浮かべた。

鍋次が知らせに来て一刻（二時間）ほど時が過ぎ去っていた。三五郎が鍋次とともに用部屋へ顔を出した。

「浮月に荷が運び込まれやした」

入ってすぐの戸襖の前に控えた三五郎が錬蔵に告げた。

「出役する。鍋次、小者たちに突棒など捕物の道具をととのえ目立たぬように浮月近くへ運び込め、とつたえよ」

「承知しました」

鍋次が立ち上がった。

「安次郎、三五郎とともに藤右衛門のもとへ走れ。浮月の表へ助っ人たちを回してくれ、人目につかぬよう動いてほしい、と頼むのだ」

「わかりやした」

安次郎が大きく顎を引いた。


着流し、巻羽織という見廻りに出る同心のような出で立ちで錬蔵は同心詰所に顔を出した。同心詰所には板敷の間の上がり端に腰をおろした溝口がひとりいるだけで、下っ引きたちの姿はみえなかった。

「下っ引きたちはどうした」

問うた錬蔵に立ち上がって溝口が応えた。

「門番所に待たせてあります」

門番所にいるのなら鍋次から話を聞いて出役の支度をはじめているはず、と錬蔵は推断した。

「出かける。おれとともに来い」

「出かける。どこへ向かうのですか」

「来ればわかる」

それだけいい錬蔵は踵《きびす》を返した。同心詰所から出ていく。溝口がつづいた。

短い冬の陽はすでに西の山陰に落ち、あたりには夜の闇が垂れ籠めていた。

やってきた錬蔵に気づいた前原が町家の陰から出て歩み寄ってきた。

「おざなり横丁で見かけた無頼どもが浮月の周りを固めております。かなりの人数です」

「おそらく、そんなことだろうとおもった。手はうってある」

不敵な笑みを錬蔵が浮かべた。

「浮月に押し込む。つづけ」

「浮月に」

背後に控える溝口の顔に狼狽《ろうばい》が走った。錬蔵は溝口を見向こうともしなかった。前原とともに浮月へと歩みをすすめた。

錬蔵がすすむにつれて物陰から黒い影がひとつ、ふたつと現れて次第にその数を増していった。なかに安次郎や小幡、松倉の気色ばんだ顔があった。黒い影のひとつが錬蔵に近寄って、声をかけてきた。

「大滝さま、浜吉でございます。今度ばかりは、おざなり横丁の外での一暴れ、お見逃し願います」

「許す。存分に働いてくれ」

「もったいねえおことば。浜吉、命がけで働いてみせやす」

そういうなり、すうっと音もなく離れていった。

浮月に錬蔵が近づくにつれて、周りで鋼《はがね》をぶつけ合う音が響きだした。浜吉たちと、おざなり横丁と彼岸横丁に巣くう残影の頭の手下たちが斬り合いを始めたに違いなかった。

足を止めることなく錬蔵は浮月へ向かった。木戸門の扉は開いていた。

躊躇することなく浮月の表戸の前に立った錬蔵は声高に呼ばわった。

「深川大番屋支配大滝錬蔵である。抜け荷の一味を召し捕るために罷《まか》りこした」

表戸が中から開かれ、抜き放った長脇差を手にした十数人の男衆が行く手を塞いだ。

「抗《あらが》えば斬る」

大刀を錬蔵が抜いた。前原や溝口が大刀を抜き連れた。

男衆の背後から大刀一本を腰に帯びた宗三郎が姿を現した。

「座敷には大店の旦那衆が多勢いる。いわば人質。片っ端から斬り捨てるがよいか」

「かまわぬ。抜け荷の品の競りに集まるなど抜け荷の一味も同然、とらえて取り調べる手間暇が省けてかえっていいくらいだ。押し入る」

一歩足を踏み出した錬蔵に男衆が斬りかかった。錬蔵は左右に刀を打ち振って瞬《また》く間にふたりを斬り伏せていた。

それが合図がわりとなった。前原が、小幡が、溝口に安次郎が錬蔵の脇を通り抜けて男衆へ向かって斬り込んでいった。

悠然と錬蔵が奥へすすんでいく。

戸障子や戸襖が蹴破られて倒れている。壁に飛び散った返り血が染みついていた。斬り合いには後を追うように浮月のなかに踏み込んできた政吉たちも加わっているようだった。前原と安次郎、小幡が三方から宗三郎と斬り結んでいた。前原が宗三郎の大刀に刀を真っ二つに折られた。壁際に逃れた前原に斬りかかった宗三郎の刀を小幡が受けた。受けたとおもった刀は小幡の手を離れ畳に転がっていた。小幡に向かって振った宗三郎の一撃をしかと受け止めた大刀があった。見やった宗三郎が、

「大滝」

と睨み据えた。

「残影の頭の太刀筋、しかと見届けた」

発した錬蔵のことばに宗三郎が応じた。

「残影の頭の太刀筋とは、よくぞ見極めた。大滝、おれは、まさしく残影の頭。正体を明かしたからには、ここで一気に勝負をつけ深川大番屋を乗っ取る」

「戯言《たわごと》はそこまでだ」

再び斬り結ぶべく、ふたりが飛び離れた瞬間、

「お千代、何をする」

わめき声が上がった。

声のする方に錬蔵が目線を走らせた。

その虚をついて斬りかかろうとした宗三郎に横合いから安次郎が斬りかかった。

声の主は溝口だった。溝口の脇腹にお千代が匕首を突き立てていた。その手を溝口が摑んで押さえている。

「お千代、なぜだ」

見つめた溝口にお千代が叫んだ。

「死んで、一緒に死んでおくれ。あたしゃねおまえさんに縋《すが》るしかないんだ。一緒にあの世に行っておくれ」

一粒の涙がお千代の目から零《こぼ》れ落ちた。

「お千代、おれは、この世では、おまえを幸せにしてやれなかった。お千代が望むなら、せめて、あの世で、お千代」

「おまえさん、嬉しい」

お千代が涙を溢れさせた。

溝口が摑んでいたお千代の手ごと、匕首をさらに深く突き立てようとしたとき、お千代の背後で閃光が縦に迸《はし》った。光が走ると同時にお千代が低く呻いてのけぞった。

「お千代、どうした」

崩れ落ちそうになったお千代の躰を懸命に支えた溝口に、厳しい一喝《いっかつ》が浴びせられた。

「まだ迷うているのか。溝口、おまえは深川大番屋の同心なのだぞ」

その声に顔を上げた溝口を鋭く見据える錬蔵の姿があった。

「お千代は抜け荷の一味、しょせん、断罪に処せられる身ぞ。情は情、務めは務め。悪を成敗し、たとえ、ひとりでもまっすぐ生きようとする者を救うが我らの務め」

「御支配」

抱きかかえたお千代を溝口は見つめた。

「おまえさん、助けて。あたしみたいな、弱い、人を、守って、おまえさん」

匕首がお千代の手から離れて落ちた。

瞬間……。

お千代の躰から、すうっと力が抜け落ちていった。

「お千代、死ぬな。死ぬでない」

抱きしめた溝口に男衆が斬りかかった。片手斬りに溝口は男衆を斬り伏せていた。

「お千代、離さぬ、離さぬぞ」

なされるがまま揺れるお千代の骸《むくろ》を抱きしめたまま、溝口は男衆たちに向かって斬り込んでいった。

「てめえ、負けるか」

壁際に追い詰められた安次郎に薄笑いを浮かべた宗三郎が迫った。

「死ね」

刃を突き立てようとした宗三郎に横合いから斬りつけた者がいた。かろうじて身を躱《かわ》した宗三郎が見やると、そこに八双に構えた錬蔵がいた。

「勝負だ」

宗三郎が一声発するや斬りかかった。錬蔵が斬りかかるのと同時だった。ふたりの刀と躰が激しくぶつかりあったかにみえた。が、わずかに早く錬蔵は横に飛んで右下段に落とした大刀を逆袈裟に振り上げ、振り上げた刀で、さらに袈裟懸《ま》けの一撃をくれていた。逆袈裟と袈裟懸けの二太刀を浴びた宗三郎は血飛沫を撒き散らしながら、どうとばかりに倒れ込んだ。宗三郎を見下ろして錬蔵が低く告げた。

「鉄心夢想流《てっしんむそう》につたわる口伝〈霞《かすみ》十文字〉。初太刀の打ち込みの強さに重きを置く、おまえの剣法では倒せぬ秘剣」

無念の形相凄まじく眼を剝《む》いた宗三郎は、すでに息絶えたか身動きひとつしなかった。

「引き上げよ」

下知した錬蔵の前を数珠《じゅず》つなぎにされた喜浦屋や栃波屋らが小幡や松倉、下っ引きたちに引き立てられていく。

去りゆく深川大番屋の面々のなかに溝口の姿はなかった。

一行を見送った錬蔵が見返ると、お千代の骸を抱いて坐り込んでいる溝口がいた。

じっと見据えた錬蔵の背後から安次郎が声をかけた。

「旦那、このままにしておいてやってくだせえ。溝口さんが可哀想だ」

「それは、ならぬ」

「旦那」

呼びかけた安次郎には見向きもせず錬蔵が溝口に歩み寄った。

「溝口、お千代は抜け荷の一味、捕まれば断罪に処せられる身。なぜ嘆く」

「御支配、酷《むご》いことを。私には、私には優しい女でございました」

「その優しさを終生、忘れぬことだ」

「御支配」

「お千代の亡骸《なきがら》の始末は深川大番屋同心、溝口半四郎にすべてまかせる。これが、おれの、深川大番屋支配、大滝錬蔵がかけうる、せめてもの情けだ。お千代を懇《ねんご》ろに弔うもよし、そこらに打ち捨てるもよし。すべては溝口、おまえの勝手だ。もし、お千代の骸の始末でお咎めを受けるようなことがあれば、おれが一身にその責めを受ける。溝口、おまえは深川大番屋同心。そのこと、おのが魂に刻み込んでおけ。行くのだ」

「御支配」

抱きかかえたそのままのかたちで溝口が立ち上がった。お千代の躰を少しも揺らすまい、との心遣いがその所作に現れていた。

「これにて」

頭を下げた溝口が背中を向けた。歩き去っていく。

その後ろ姿をみて錬蔵が独り言のようにつぶやいた。

「毎夜毎夜、枕を濡らして自分の不幸を嘆きつづけ、恨みつづけたお千代が流れ流れて辿りついた涙の捨て場の浮寝岸。その浮寝岸が、この世で唯一、優しさを残してくれた溝口の温かい心根だったのかもしれぬ」

無言で安次郎がうなずいた。

遠ざかるお千代を抱いた溝口の姿が小さくなり、やがて、消え去るまで、錬蔵と安次郎はじっとその場に立ち尽くしていた。

【参考文献】

『江戸生活事典』三田村鳶魚著　稲垣史生編　青蛙房
『時代風俗考証事典』林美一著　河出書房新社
『江戸町方の制度』石井良助編集　人物往来社
『図録　近世武士生活史入門事典』武士生活研究会編　柏書房
『図録　都市生活史事典』原田伴彦・芳賀登・森谷尅久・熊倉功夫編　柏書房
『復元　江戸生活図鑑』笹間良彦著　柏書房
『絵で見る時代考証百科』名和弓雄著　新人物往来社
『時代考証事典』稲垣史生著　新人物往来社
『考証　江戸事典』南条範夫・村雨退二郎編　新人物往来社
『新編　江戸名所図会　〜上・中・下〜』鈴木棠三・朝倉治彦校註　角川書店
『武芸流派大事典』綿谷雪・山田忠史編　東京コピイ出版部
『図説　江戸町奉行所事典』笹間良彦著　柏書房
『江戸町づくし稿―上・中・下・別巻―』岸井良衛　青蛙房
『江戸岡場所遊女百姿』花咲一男著　三樹書房

『江戸の盛り場』海野弘著　青土社
『天明五年　天明江戸図』人文社

吉田雄亮著作リスト

修羅裁き	裏火盗罪科帖	光文社文庫	平14・10
夜叉裁き	裏火盗罪科帖(二)	光文社文庫	平15・5
繚　乱《りょうらん》断《だ》ち	仙石隼人探察行	双葉文庫	平15・9
龍神裁き	裏火盗罪科帖(三)	光文社文庫	平16・1
鬼道裁き	裏火盗罪科帖(四)	光文社文庫	平16・9
花魁殺《おいらんさつ》	投込寺闇供養	祥伝社文庫	平17・2
閻魔《えんま》裁き	裏火盗罪科帖(五)	光文社文庫	平17・6
弁天殺《べんてんさつ》	投込寺闇供養(二)	祥伝社文庫	平17・9
観音裁き	裏火盗罪科帖(六)	光文社文庫	平18・6
黄金小町	聞き耳幻八浮世鏡	双葉文庫	平18・11
火怨裁き	裏火盗罪科帖(七)	光文社文庫	平19・4
傾城番附《けいせいばんづけ》	聞き耳幻八浮世鏡	双葉文庫	平19・11
深川鞘《さや》番所		祥伝社文庫	平20・3

転生《てんしょう》裁き　裏火盗罪科帖(八)　光文社文庫　平20・6
放浪悲剣　聞き耳幻八浮世鏡　双葉文庫　平20・8
恋慕舟　深川鞘番所②　祥伝社文庫　平20・9
陽炎《かげろう》裁き　裏火盗罪科帖(九)　光文社文庫　平20・11
紅燈川　深川鞘番所③　祥伝社文庫　平20・12
遊里ノ戦　新宿武士道(1)　二見時代小説文庫　平21・5
化粧堀　深川鞘番所④　祥伝社文庫　平21・6
夢幻《むげん》裁き　裏火盗罪科帖(十)　光文社文庫　平21・10
浮寝岸　深川鞘番所⑤　祥伝社文庫　平21・12

一〇〇字書評

切り取り線

購買動機（新聞、雑誌名を記入するか、あるいは○をつけてください）

- □（　　　　　　　　　　　　）の広告を見て
- □（　　　　　　　　　　　　）の書評を見て
- □ 知人のすすめで
- □ タイトルに惹かれて
- □ カバーがよかったから
- □ 内容が面白そうだから
- □ 好きな作家だから
- □ 好きな分野の本だから

●最近、最も感銘を受けた作品名をお書きください

●あなたのお好きな作家名をお書きください

●その他、ご要望がありましたらお書きください

住所	〒				
氏名		職業		年齢	
Eメール	※携帯には配信できません		新刊情報等のメール配信を 希望する・しない		

あなたにお願い

この本の感想を、編集部までお寄せいただけたらありがたく存じます。今後の企画の参考にさせていただきます。Eメールでも結構です。

いただいた「一〇〇字書評」は、新聞・雑誌等に紹介させていただくことがあります。その場合はお礼として特製図書カードを差し上げます。

前ページの原稿用紙に書評をお書きの上、切り取り、左記までお送り下さい。宛先の住所は不要です。

なお、ご記入いただいたお名前、ご住所等は、書評紹介の事前了解、謝礼のお届けのためだけに利用し、そのほかの目的のために利用することはありません。

〒一〇一－八七〇一
祥伝社文庫編集長　加藤　淳
☎〇三（三二六五）二〇八〇
bunko@shodensha.co.jp

祥伝社ホームページの「ブックレビュー」からも、書き込めます。
http://www.shodensha.co.jp/bookreview/

祥伝社文庫

上質のエンターテインメントを！　珠玉のエスプリを！

祥伝社文庫は創刊15周年を迎える2000年を機に、ここに新たな宣言をいたします。いつの世にも変わらない価値観、つまり「豊かな心」「深い知恵」「大きな楽しみ」に満ちた作品を厳選し、次代を拓く書下ろし作品を大胆に起用し、読者の皆様の心に響く文庫を目指します。どうぞご意見、ご希望を編集部までお寄せくださるよう、お願いいたします。

2000年１月１日　　祥伝社文庫編集部

浮《うき》寝《ね》岸《ぎし》　深川鞘番所《ふかがわさやばんしよ》　長編時代小説

平成21年12月20日　初版第１刷発行

著者　吉《よし》田《だ》雄《ゆう》亮《すけ》

発行者　竹内和芳

発行所　祥《しよう》伝《でん》社《しや》

東京都千代田区神田神保町3-6-5
九段尚学ビル　〒101-8701
☎03(3265)2081(販売部)
☎03(3265)2080(編集部)
☎03(3265)3622(業務部)

印刷所　堀内印刷

製本所　ナショナル製本

ISBN978-4-396-33547-2 C0193

祥伝社のホームページ・http://www.shodensha.co.jp/